PATRICIA LOCKWOOD

UND KEINER SPRICHT DARÜBER

Roman

Aus dem Englischen
von Anne-Kristin Mittag

btb

für Lena,
die eine Glocke war

Leute!

Wird sein!

In der Sonne!

gerade!

Wladimir Majakowski,
»Ich und Napoleon«

TEIL EINS

SIE ÖFFNETE DAS PORTAL, und das Bewusstsein kam ihr auf halbem Weg entgegen. Drinnen war es tropisch heiß, und es schneite, und die erste Flocke der Lawine von allem landete auf ihrer Zunge und schmolz.

Nahaufnahmen von Nagelkunst, ein Kieselstein aus dem All, die Augen einer Vogelspinne, ein Sturm auf der Oberfläche Jupiters wie ein Dosenpfirsich, van Goghs *Kartoffelesser*, ein Chihuahua, der auf der Erektion eines Mannes hockt, ein vollgespraytes Garagentor mit den Worten STOPP! KEINE E-MAILS MEHR AN MEINE FRAU!

Warum kam einem das Portal so privat vor, obwohl man es doch nur betrat, wenn man überall sein musste?

. . .

Sie tastete den massiven grünen Marmor des Tages nach dem haarfeinen Riss ab, aus dem sie vielleicht hinaus-schlüpfen konnte. Es ließ sich nicht erzwingen. Draußen hing die Luft bleischwer; Wolken türmten sich wie Pols-terfüllung, und im Süden des Himmels war ein wunder Punkt, wo sich ein Regenbogen ereignen wollte.

Dann drei Schluck Kaffee, und ein Fenster poppte auf.

. . .

Ich bin überzeugt, dass die Welt zu voll wird lol, textete ihr Bruder ihr, der sich selbst am Ende jedes Tages mit einem persönlichen Kometen namens Fireball abschoss.

. . .

Kapitalismus! Ihn zu hassen war wichtig, obwohl man ja so sein Geld verdiente. Langsam, langsam – war ihr aufgefallen – verwandelte sie sich einen philosophischen Standpunkt an, der selbst Jesus zu hoch gewesen wäre: dass sie den Kapitalismus zwar hassen musste, zugleich aber Kaufhaus-Sequenzen in Filmen liebte.

. . .

Politik! Die Krux daran war, dass sie jetzt einen Diktator hatten, was manchen (Weißen) zufolge noch nie, anderen (dem Rest) zufolge jedoch ausnahmslos, seit Anbeginn der Welt der Fall gewesen war. Ihre eigene Dummheit versetzte sie ebenso sehr in Panik wie der Klang ihrer Stimme, wenn sie sich nun mit Leuten unterhielt, die noch nicht mit dem Dummsein aufgehört hatten.

Das Problem bestand darin, dass der Diktator sehr witzig war, was vielleicht schon immer auf alle Diktatoren zugetroffen hatte. *Absurdismus*, dachte sie. Auf einmal begannen diese ganzen russischen Romane über Menschen, die sich in einem Landhaus in einen Teelöffel

Brombeermarmelade verwandeln, einen Sinn zu ergeben.

. . .

Wie lautete noch gleich der herrliche Gedanke, die tiefgründige Beobachtung, die sie sich ausnahmsweise mal aufgeschrieben hatte? Im Gefühl der Vorfreude, die sie immer bei solchen Gelegenheiten verspürte, klappte sie ihr Notizbuch auf – vielleicht wäre er das endlich, der eine Satz, den man in ihren Grabstein meißeln würde. Er lautete:

spongebob kann mir ein loch in die du-weißt-schon-was mampfen

. . .

Wenn man stirbt, sinnierte sie, während sie sich gewissenhaft die Beine unter feinen Wassernadeln wusch – sie hatte vor Kurzem gelesen, dass manche Menschen diesen Körperteil beim Duschen ausließen –, sieht man ein kleines Tortendiagramm, das einem verrät, wie viel Lebenszeit dafür draufgegangen ist, sich unter der Dusche mit Menschen zu streiten, denen man nie begegnet ist. Ach, aber als wäre das irgendwie weniger verdienstvoll, als seine Zeit damit zu verbringen, die Stärke von Biberbauen sorgfältig auf Anzeichen für die Strenge des kommenden Winters hin zu beobachten!

. . .

Praktizierte sie da gerade *Stimming*? Sie fürchtete, ja.

Was immer da war:

Die Sonne.

Ihr Körper und ein kaum merkliches Zausen an ihren Haarwurzeln.

Beinahe etwas wie Musik in der Luft, formlos, ursprünglich und wirbelnd, wie erwartungsvoll nach Farben geordnetes Garn.

Die Titelmelodie einer Kindersendung, in der Schaufensterpuppen nachts im Kaufhaus zum Leben erwachen.

Anonyme Archivaufnahmen des History Channel von grauen Millionen auf dem Marsch, Fliegern mit Haimaul, Fallschirmbomben, Pilzwolken.

Eine Episode von *True Life* über ein Mädchen, das sich gern einölte, in einen Kessel mit gemischtem Gemüse stieg und so tat, als würden sich gleich Kannibalen über sie hermachen. Im sexuellen Sinne.

Der nicht ganz ausgeformte Nichtgedanke: Sitzt da ein Käfer auf mir???

Eine abgrundtiefe Scham wegen allem, allem.

. . .

Was war eigentlich aus der alten Tyrannei geworden, der Tyrannei des Ehemanns über die Frau? Sie vermutete, dass sie größtenteils umgelenkt worden war – in abwegige Vorstellungen von Nahrungsergänzungsmitteln, davon ob Schallplatten einen »wärmeren« Klang hatten oder nicht, und aus welchen Automaten der Kaffee *wie in den Mund geschissen schmeckte.* »Vor hundert Jahren hättest du Kohle abgebaut und vierzehn Kinder gehabt, allesamt hießen sie Jane«, staunte sie vor der Auslage von Keurig, wo sie beobachtete, wie ein Mann seiner Frau mit dem Finger drohte. »Vor zweihundert Jahren hättest du vielleicht in einem Göttinger Café gesessen, die Zeitung geschwenkt, die Fragen des Tages durchgekaut – und ich hätte am Fenster Bettwäsche ausgeschüttelt und könnte nicht lesen.« Aber fühlte sich Tyrannei nicht immer an wie der unaufhaltsame Lauf der Welt?

. . .

Es war ein Irrtum zu glauben, dass andere nicht so intensiv lebten wie man selbst. Und *so* intensiv lebte man ja jetzt auch nicht.

. . .

Wie viel mitgehört wurde, war wirklich erstaunlich und die Auswirkungen noch gar nicht absehbar. Die Tagebücher anderer umströmten sie. Sollte sie zum Beispiel den Unterhaltungen von Teenagern zuhören? Sollte sie begierig die Komplimente mitlesen, die Dorfsheriffs Pornostars schrieben, ohne zu merken, dass sie für jedermann sichtbar waren? Was war mit dem einen Thread von den Frauen, die entdeckten, dass sie alle genau die gleiche Narbe am Knie hatten? »Ich habe diese Narbe auch!«, meldete sich eine Weiße zu Wort, wurde jedoch rasch und effizient wieder zum Schweigen gebracht, weil es eben nicht die gleiche war; sie hatte ein Wirsein gestört, und die Welt, in der sie sich diese Narbe zugezogen hatte, war eine andere.

. . .

Morgen für Morgen lag sie selig begraben unter einer Flut von Einzelheiten, Fotos von Frühstücken in Patagonia, ein Mädchen, das ihre Foundation mit einem hartgekochten Ei auftrug, ein Shiba Inu in Japan, der zur Begrüßung seines Herrchens von einer Pfote auf die andere hüpfte, gespenstisch blasse Frauen, die Bilder von ihren blauen Flecken posteten – und während die Welt sich näher und näher heranschob, das Spinnennetz menschlicher Beziehungen so stark verfilzt, dass es fast einer schimmernden, kräftigen Seide glich, öffnete der Tag sich ihr immer noch nicht. Was bedeutete es, dass sie das sehen durfte?

Wenn sie dann anfing, auf ihrer Unterlippe zu kauen wie fast immer nach der Milch und der Zibetkatzen-Bitterkeit ihres morgendlichen Kaffees, ging sie ins Bad, wo sich der Efeu vorm Fenster den Pony herauswachsen ließ, und schminkte sich die Lippen sorgfältig in einem satten Auf-dem-Flügel-Geräkel-Rot – als müsste sie später am Abend noch in einen Undergroundclub, in dem sie nackt wie eine verlorengegangene Paillette aufkreuzen und aus der gesamten Sonnenuntergangswolke menschlichen Empfindens ein lyrisches Sechs-Wort-Gedicht destillieren würde.

. . .

Im Hinterkopf tat ihr etwas weh. Es war ihr neues Klassenbewusstsein.

. . .

Jeden Tag musste sich auf einen Schlag, wie der Widerschein auf einem Fischschwarm, die allgemeine Aufmerksamkeit einem neuen Hassobjekt zuwenden. Manchmal handelte es sich dabei um einen Kriegsverbrecher, manchmal aber auch um jemanden, der eine frevelhafte Guacamole-Zutat vorschlug. Es war weniger der Hass, der sie interessierte, als seine prompte Abkühlung; so als hätte das kollektive Blut eine Entscheidung getroffen. Als wären sie eine Spezies, die gelegentlich einen Giftschwall ausstößt oder eine Wolke schwarzer Tinte am Meeresgrund. Ich meine, hast du mal diesen Artikel über die Intelligenz von Kraken gelesen? Hast du gelesen, wie ganze Krakenarmeen in schleimig glänzendem Gehorsam aus dem Wasser an Land marschieren?

. . .

»Ahahaha!«, brüllte sie, die neue und witzigere Lache, während sie ein Video von Körpern sah, die aus einem Fahrgeschäft auf der Ohio State Fair geschleudert wurden. Ihre Flugbahnen zeichneten reine Parabeln der Seligkeit in die Luft, T-Shirts schienen förmlich an ihnen zu zerrinnen, verrückt, was das Fleisch doch alles kann, wenn es nachgibt, bis hin zu dem kapitulierenden Knacken, als ...

»Was ist so witzig«, fragte ihr Mann, der seitlich in seinem Sessel hing, sodass seine klingengleichen Schienbeine über einer Armlehne baumelten, aber da hatte sie schon bis zum Ende des Threads gescrollt und gesehen, dass ein Mensch gestorben war und das Leben fünf weiterer an einem seidenen Faden hing. »Mein Gott!«, rief sie, als der Groschen fiel. »Um Gottes willen, nein!«

. . .

Allabendlich um neun hängte sie ihren Verstand an den Nagel. Schwor ihm ab wie einem Glauben. Entsagte ihm wie einem Thron, alles im Namen der Liebe. Sie ging zur Gefriertruhe, ließ sich die frische Luft aufs Gesicht strömen, drückte Fingerabdrücke in den Frost an einem Flaschenhals und goss sich etwas in ein Glas, das sehr, sehr klar war. Und dann freute sie sich, obgleich sie sich jedes Mal sorgte – wie man sich in Bezug auf Wissen nie sorgt –, ob es reichen würde.

. . .

Im Portal rief ein Typ, der vor drei Jahren noch ausschließlich Sachen wie »Ich bin ein Spast mit Analkrebs« gepostet hatte, andere dazu auf, die Augen für die Macht des Sozialismus zu öffnen, welcher auf einmal wie der einzige gangbare Weg schien.

. . .

Ihr Pronomen, dem sie sich noch nie besonders verbunden gefühlt hatte, entfernte sich im Portal immer weiter von ihr, tauchte durch Landschaften von *uns* und *ihm* und *wir* und *ihnen* ab. Hin und wieder kam es zurückgeflogen und hockte sich auf ihre Schulter wie ein

Papagei, der alles, was sie sagte, wiederholte, aber im

Übrigen nichts mit ihr zu tun hatte, ja ihr in Wirklichkeit von einer schrulligen alten Tante vermacht worden war, die auf dem Sterbebett bloß geblafft hatte: »Das Leben ist kein Ponyhof!«

Meistens ging es jedoch in *du, du, du, du* über, bis sie keine Ahnung mehr hatte, wo sie aufhörte und der Rest der Crowd anfing.

. . .

Es gab da ein ikonisches Foto, eine Frau in ihrer frisch gestärkten Krankenschwesterntracht, die am Victory Day von einem Soldaten nach hinten gebeugt und geküsst wurde. Wir alle hatten es schon unser ganzes Leben lang gesehen und geglaubt, wir verstünden das darauf gebannte Funkensprühen – aber dann hatte sich die Frau aus den Tiefen der Geschichte erhoben und die Welt wissen lassen, dass sie den Mann überhaupt nicht gekannt, ja dass sie diese ganze Begegnung hindurch Angst gehabt hätte. Und da erst sprangen einem der Kolibri ihrer linken Hand, die unheimliche Verrenkung ihrer Wirbelsäule, der um ihren Hals gekeilte Ellbogen des Soldaten ins Auge. »Ich hatte ihn noch nie im Leben gesehen«, sagte die Frau; aber da war er auf dem Foto, war in unseren Köpfen, riss sie an sich wie den Sieg, ließ nie wieder los.

. . .

Natürlich waren es immer die, die sich selbst als aufgeklärt bezeichneten, die am meisten klauten. Die sich den Slang als Erstes aneigneten. Um – ja, was zu beweisen?

Dass sie anders waren als alle anderen? Dass sie wussten, was klauenswert war? Sie waren auch die Schuldbewusstesten. Aber Schuld war keinen Cent wert.

. . .

Es gab ein neues Spielzeug. Alle machten sich darüber lustig, doch dann hieß es, dass es für Autisten gedacht war, und statt des Spielzeugs machten sich auf einmal alle über diejenigen lustig, die sich zuvor darüber lustig gemacht hatten. Dann entdeckte jemand anderes in einem Museum eine Millionen Jahre alte Steinversion, was anscheinend etwas bewies. Dann kam ans Licht, dass der Ursprung des Spielzeugs irgendwie mit Israel und Palästina zu tun hatte, woraufhin alle einen Pakt schlossen, nie mehr ein Wort darüber zu verlieren. Und all das spielte sich innerhalb von vier Tagen oder so ab.

. . .

Sie öffnete das Portal. »Machen wir jetzt alle einfach so weiter, bis wir sterben?«, fragten die Leute einander, so wie sie sich an anderen Tagen fragten: »Sind wir in der Hölle?« Nicht in der Hölle, dachte sie, sondern in so einem grell erleuchteten Raum mit ewig gestrigen Zeitschriften, wo sie in *Louisiana Parent* oder *Horse Illustrated* blätterten, während sie darauf warteten, ins Gedächtnis der Geschichte einzugehen.

. . .

An diesem Ort, an dem wir kurz davor standen, uns unserer Körper zu entledigen, war es, dass der Körper in den Mittelpunkt rückte, an diesem Ort der großen Schmelze war es auf einmal entscheidend, ob du als Kind *Orange* oder *Apfelsine* gesagt hast, deine Mutter mit Knoblauchsalz oder echtem, frisch gehacktem Knoblauch kochte, an deinen Wänden echte Kunst hängt oder gestellte Fotos von deiner Familie auf Baumstämmen vor einem künstlichen Hintergrund oder ob du diese eine komplett orange verfärbte Tupperdose besitzt. Du wurdest so nah herangezoomt, dass sich alles in Bildrauschen auflöste, du schwebtest im Weltraum, es war die Brüderlichkeit unter den Menschen, doch in mancher Hinsicht waren die Fliehkräfte zwischen ihnen nie größer gewesen. Du zoomtest näher und näher an dieses warme Pixel heran, bis es aussah wie die Kälte des Mondes.

. . .

»Was machst du da?«, fragte ihr Mann leise, zaghaft; er wiederholte seine Frage so lange, bis sie den leeren Blick zu ihm hob. Was sie da *machte?* Aber sah er denn nicht, dass ihre Arme bis obenhin mit den Saphiren des Augenblicks beladen waren? Hatte er nicht mitbekommen, dass ein männlicher Feminist an dem Tag ein Foto von seinem *Nippel* gepostet hatte?

. . .

Sie war durch einen Post berühmt geworden, der schlicht lautete: *Kann ein Hund Zwillinge sein?* Das war's. Kann ein Hund Zwillinge sein? Vor Kurzem war der Post in eine solche Phase der Durchdringung eingetreten, dass Teenager ihr das Heul-Emoji schickten. Sie gingen zur Highschool. Statt an das Datum des Versailler Vertrags – das sie, machen wir uns da mal nichts vor, genauso wenig wusste – würden sie sich an »Kann ein Hund Zwillinge sein?« erinnern.

. . .

Dem verdankte sie also eine gewisse windige Bekanntheit. Sie wurde in alle Welt eingeladen, von einer Wolkenbank herab – so zumindest kam es ihr vor – über die neue Kommunikation, den neuen Informationsmahlstrom zu sprechen. Sie saß auf der Bühne zwischen Männern, die besser unter ihrem Usernamen bekannt waren, und Frauen mit so stark aufgemalten Augenbrauen, dass sie geisteskrank wirkten, und versuchte zu erklären, weshalb die Schreibweise *niezen* objektiv witziger war. Es fühlte sich nicht gerade wie das wirkliche Leben an, aber wovon ließ sich das heutzutage schon behaupten?

. . .

In Australien, wo sie sich unerklärlicher Beliebtheit erfreute, saß sie unter schweißtreibenden Lichtern mit einem weiteren Internetexperten auf der Bühne, auf dessen Gesicht sich die Genugtuung darüber spiegelte, Kanadier zu sein, und der sich die Haare unübersehbar mit Zweiunddreißigdollargel gegelt hatte. Er sprach über verschiedene Themen gut und überzeugend, trug dabei jedoch eine Cyberpunk-Hose – in solchen Hosen waren wir herumgelaufen, als wir noch glaubten, wir müssten durchs Internet skateboarden. Außerdem setzte er nicht für einen Moment seine Rave-Brille ab, so als müsste er sich vor dem blendenden Cyberlicht schützen, das ihm von einer Sonne, die er mit sich herumtrug, direkt in die Augen fiel. Sie war der Stern einer Zukunft, den man in die alte knöcherne Höhle des Himmels gesetzt hatte.

»*Niezen* ist witziger, stimmt's?«, fragte sie ihn.

»Aber hallo«, antwortete er. »So was von *niezen*.«

. . .

Während solcher Auftritte fuhr in ihren Körper, was sie sich als einen Dämon der Performance vorstellte, eine vollkommen unversehrte Persönlichkeit, auf die sie in gewöhnlichen Zeiten keinen Zugriff hatte. Sie war nicht nur in ihr, sondern schwappte hier und da ein wenig über; sie schlug ein Getue aus ihrem Körper wie Funken aus einem Stein. Immer wenn sie sich ihre Auftritte danach ansah, war sie entgeistert. Wer war diese Frau? Und wer hatte ihr erlaubt, so mit anderen zu reden?

. . .

»Das Problem!« Sie hörte sich kämpferisch an, wie eine eher unbekannte Suffragette. In ihrer Wimperntusche war eine ausländische Mücke hängen geblieben, und sie hatte den Geschmack nach dem minimal anders zubereiteten Kaffee im Mund, den die Australier dem Latte für überlegen hielten. Das Publikum schaute ermutigend zu ihr hoch. »Das Problem ist, dass wir uns rasch dem Punkt nähern, an dem zu unserem Dirty Talk nur noch Sätze gehören wie *Fick mein Dopamin, Website!*«

. . .

Warum hatte sie sich dafür entschieden, ihr Leben so bedingungslos ins Portal zu verlegen? Es hatte etwas mit Kind-an-der-Kette-vorm-Haus zu tun. Ihre Urgroßmutter, eine eingebildete Invalidin, hatte ihren erstgeborenen Sohn angekettet an einen Pfahl im Vorgarten gehalten, damit sie ihn stets durchs Fenster im Blick behalten konnte. Eine andere Abstammung mütterlicherseits wäre ihr natürlich lieber gewesen – Pilotinnen, Jazz-Miezen, internationale Spioninnen wären allesamt besser gewesen –, aber sie hatte nun mal Kind-an-der-Kette-vorm-Haus bekommen, und es würde sie nicht loslassen.

. . .

Es schien, als hätte jedes Land seine eigene Zeitung namens *The Globe*. Sie kaufte sie sich überall, wo sie hinreiste, legte ihre Loonies und Pfund und Kronen auf Ladentische, unterbrach die Lektüre jedoch oft auf halbem Weg für das Unmittelbarkeitsgefühl des Portals. Denn solange sie die Nachrichten las, Zeile für Zeile, Minute für Minute, hatte sie bei allem, was vor sich ging, ein Wörtchen mitzureden, oder nicht? Sie *musste* dabei ein Wörtchen mitzureden haben, und sei es nur WAS?

Und sei es nur HEY!

. . .

An diesem Ort wusste sie, was geschehen würde, an diesem Ort würde sie sich immer für die richtige Seite entscheiden, lag das Versagen bei der Geschichte und nicht bei ihr selbst, las sie nicht die falschen Autoren, wallte keine Begeisterung für die falschen Führer in ihr auf, aß sie nicht die falschen Tiere, jubelte nicht bei Stierkämpfen, rief kleine Kinder nicht beim Spitznamen Muschi, glaubte nicht an Feen oder Medien oder Geisterfotografie, Reinheit des Blutes, Schicksalserfüllung oder Nachtluft, machte ihre Töchter nicht zu seelenlosen Zombies oder schickte ihre Söhne in den Krieg, hier war sie nicht der Dünung, den Strömungen und Verwerfungen des Zeitgeistes unterworfen – dem man einzig und allein als Genie entrinnen konnte, und selbst dann schlug man wahrscheinlich seine Frau, ließ seine Kinder im Stich, kniff seinen Dienstmädchen in den Hintern, ja, hatte überhaupt Dienstmädchen. Sie hatte gesehen, welchen rasenden Schlusspunkt das Jahrhundert gesetzt hatte, und sie wusste, wie das Ganze ausgegangen war. Alles war bereits von einem Himmel in langen schwarzen Richterroben entschieden, und sie schwebte darüber als Kopf und sah alles, alles, rückwärts, rückwärts und wandte sich vor Schreck von ihrem eigenen strahlenden Tag ab.

. . .

»Kolonialismus«, zischte sie einer herrlichen Säule zu, und der Reiseführer blickte besorgt zu ihr herüber.

SIE SPANNTE JEDE FASER IN SICH AN. Sie versuchte, die Polizei zu hassen.

»Fangen Sie klein an und steigern Sie sich langsam«, schlug ihre Therapeutin vor. »Für den Anfang können Sie Officer Big Mac hassen – ein Klassenverräter, der den anderen Bewohnern von McDonaldland die benötigten Sandwiches vorenthält, und dem für seine Verbrechen der Burgerkopf abgefressen wird, sobald die Revolution losbricht.« Diese Einsicht löste in ihr jedoch nur eine neue Welle der Entmutigung aus. Ihre *Therapeutin* war radikaler als sie?

. . .

Die Sache war nämlich die, dass ihr Vater Polizist und als solcher bekannt dafür gewesen war, die Jungs auf ihrer Highschool unnötiger Leibesvisitationen zu unterziehen, wenn er sie auf ihren alkoholisierten Spritztouren herauswinkte. Was dazu führte, dass kaum jemand mit ihr hatte ausgehen wollen. Und wenn doch, wurde von ihr erwartet, die Initiative zu ergreifen.

. . .

Als Kind hatte sie nachts mit einer einzigen brennenden Frage auf der Zunge wach gelegen: *Woher wissen die Menschen in Frankreich, was sie sagen?* Als sie aber schließlich ihre Mutter danach fragte, wusste die es auch nicht; das Problem musste also vererbt sein.

. . .

kann nicht lernen?, googelte sie spätnachts. *kann nicht mehr lernen seit unschuld verloren?*

. . .

Klammheimliches Vergnügen bereiteten ihr Sätze, die nur ein halbes Prozent der Menschheit verstand und in zehn Jahren überhaupt niemand mehr würde entschlüsseln können:

schaurige britische hexenlöcher

nächsten sommer sex im mond

was heißt fonse

was heißt gelaucht

so viel kostet mein veganes mittagessen

hose brennt wunde bein

. . .

Sie spürte die Spitze ihres Zeigefingers nicht. So ähnlich, wie man damals vom Telefonieren immer ein aufgeweichtes rosa Ohr bekam und die Haarbüschel drum herum feuchte Muster bildeten.

. . .

Manchmal, wenn sie unaufhörlich die Worte *Nein, nein, nein* oder *Hilfe, Hilfe, Hilfe* vor sich hin murmelte, trat ihr Mann hinter sie und legte ihr wie ein viktorianisches Kindermädchen die Hand in den Nacken. »Bist du wieder eingesperrt?«, fragte er dann, worauf sie nickte und auf das eine zurückgriff, was sie immer irgendwie herausriss: prachtvolle braune Bilder von Brathähnchen zu googeln, vielleicht weil es das war, womit Frauen früher ihre Tage zugebracht hatten.

. . .

Er hatte dieses Problem nicht, diese Metastasierung des Wortes *dann*, des Wortes *mehr*. Er nahm nur, was er brauchte, und das reichte ihm. Als sie ihn einmal gefragt hatte, woraus seine Henkersmahlzeit bestehen würde, lautete seine prompte und sehr vernünftige Antwort: »Banane. Ich würde nicht auf vollen Magen sterben wollen.«

. . .

Vor einhundert Jahren mochte ihr Kater vielleicht Schnurri oder Mohrle geheißen haben. Heute hieß er Dr. Schloch. Sie kam nicht darum herum. »Dr. Schloch«, rief sie abends beinahe verzweifelt, bis er herbeitrottete, die prächtigen Federn ihrer Würde am Maul klebend, und in seinen alternierenden Streifen über die Schwelle nach drinnen verschwand.

In Bristol triefte der Sonnenuntergang herab wie von einer Honigwabe. »Das ist Ihr Beitrag zur Gesellschaft?«, fragte ein Mann und hielt einen Ausdruck des *Kann-ein-Hund-Zwillinge-sein?*-Posts hoch.

»Ja«, piepste sie. Sie hätte gern erklärt, dass sie auch der Idee einer sogenannten »Siegellackmaniküre« zum Durchbruch verholfen hatte, bei der man sich einen einzigen fetten roten Klecks auf die ganze Fingerspitze malte, was wiederum *1776core* den Weg ebnete, einer ironisierten Ästhetik, bei der die Leute verschiedene visuelle Symbole der Gründerväter aufgriffen – doch da hatte er sich schon angewidert abgewandt und riss im Weggehen das Stück Papier entzwei. Na ja. Ein Engländer hätte das wahrscheinlich eh nicht so witzig gefunden.

. . .

Danach stand in der Autogrammschlange eine jungenhafte Gestalt, die bis ganz zum Schluss wartete. »Ich hab früher dein Tagebuch auf Diaryland gelesen«, gestand er, als er schließlich an der Reihe war, und augenblicklich glitzerten ihr Tränen in den Augen. Das Tagebuch, das sie geführt hatte, als sie noch gar kein Leben gehabt hatte! In dem sie Witze gerissen hatte, für die man heutzutage gefeuert werden würde!

»Wie heißt du noch mal?«, fragte sie, und als er sich vorstellte, flutete eine banale Ekstase durch ihre Adern – sein Leben hatte zu ihren Lieblingsleben gehört. Sie erinnerte sich haarklein daran: das Feierabendbier, die Pendelei mit dem Zug, seine ewige Suche nach immer noch schärferen Currys, die Vorstellung von seiner schummrigen Wohnung mit den Kisten voll kurioser Schallplatten, die grün wogende Sanftheit all dessen. Sie stand auf und umarmte ihn; sie konnte nicht anders. Er kam ihr so zerbrechlich vor wie ein Kettenglied in ihren Armen.

· · ·

Unsere Mütter konnten die Finger nicht von versauten Emojis lassen. An unserem Geburtstag verwendeten sie das augenzwinkernde mit der ausgestreckten Zunge, sie schickten uns zeilenweise die spritzenden drei Tröpfchen, wenn es regnete. Wir hatten es ihnen schon hundertmal gesagt, aber sie wollten einfach nicht hören – solange sie lebten und uns liebten, solange sie sich Arme und Beine ausgerissen hatten, um uns zu bekommen, würden sie uns zur Pfirsichsaison den Pfirsich schicken.

SCHICK MIR BLOß NIE WIEDER DIE AUBERGINE, MOM!, schrieb sie. MIR EGAL, WAS DU ZU ABEND KOCHST!

· · ·

Auf der Parkbank neben ihr diskutierten zwei Frauen über die Macht der Sonnenfinsternis. Das Thema ihrer Unterhaltung lautete: Würde man erblinden? Würde man erblinden, wenn man sich während einer Sonnenfinsternis im Freien aufhielt, aber die ganze Zeit zu Boden starrte? Würde der Hund erblinden, wenn man mit ihm Gassi ging? Sollte man daheim die Vorhänge mit einem Druckknopf schließen, damit die Katze es nicht sah? Würde man, warf eine der beiden schüchtern in den Raum, von einem *Foto* blind werden, das man danach betrachtete?

Oder von einem Bild, einem Absatz, der die Erscheinung Wort für Wort beschrieb? Wenn man steinalt wäre und das Augenlicht verlöre – woher wüsste man dann, dass daran nicht irgendwie die Sonnenfinsternis schuld war? Dass sie nicht in schwarzglühendem Schweigen neben einem einhergewandert war, bis ihre Stunde schlug?

. . .

Als die Sonnenfinsternis eintrat, starrte der Diktator natürlich prompt hinein, als ob er sagen wollte, dass nicht mal die Natur ihm etwas anhaben könne.

. . .

Es war kaum absehbar, welche Formen des Protests gegen das aktuelle Regime wirklich fruchteten. Am Tag nach der Wahl war ihr Mann mit dem starken Drang aufgewacht, sich im Gesicht tätowieren zu lassen. »Ich möchte entweder eine Träne unter dem rechten Auge oder dass sie meinen ganzen Schädel sichtbar machen.« Schließlich entschied er sich dafür, sich in winzigen Buchstaben dicht am Haaransatz, wo man sie kaum sah, die Worte AUFHÖREN stechen zu lassen.

. . .

Zum Gedenken an jene, die wir an 9/11 verloren, serviert das Hotel von 8:45 bis 9:15 Uhr gratis Kaffee und Minimuffins

. . .

Früher sind uns diese Gemeinschaften samt ihres geistigen Klimas aufgedrängt worden. Jetzt haben wir sie uns selbst ausgesucht – oder glauben das zumindest. Jemand mochte sich auf einer Seite anmelden, um sich Fotos von seinem Neffen anzusehen, und fünf Jahre später die Erde für eine Scheibe halten.

. . .

Seltsam – es kursierten immer mehr Geschichten von Nazijägerinnen: Frauen, die Nazis mit Sexversprechen in den Wald lockten, um sie zu erschießen, Frauen, die sich vor den Toren von Auschwitz auszogen, um die Wachen abzulenken, und sie dann mit nackter Behändigkeit entwaffneten. Wieso hatte sie nie von diesen Geschichten gehört, als sie noch klein gewesen war? Damals war es meistens um Menschen gegangen, die auf Dachböden hausten und eine Kartoffel pro Woche zu essen hatten. Aber diese Sex-und-Mord-im-Wald-Storys – die hätten die Dinge in einem ganz anderen Licht erscheinen lassen.

. . .

»Myspace war ein ganzes Leben«, wimmerte sie in einer Buchhandlung in Chicago, und vor dem geistigen Auge der Zuhörenden blitzte das Bild eines Typen in einem weißen T-Shirt auf, der über die Schulter grinste, und alle hatten automatisch eine jeweils ganz private Musik im Ohr. »Und es ist weg, weg, weg, weg!«

. . .

In Toronto fing der Mann, mit dem sie sich im Portal so oft unterhielt, aus seinem echten Mund an zu sprechen, was den Ton der Gegenwart in Reinform erzeugte. »Eine Zeit lang hab ich meine Eier ins Netz gestellt. Ich hab regelmäßig Fotos von meiner Garage oder Küche oder sonst was mit immer mehr Klöten im Hintergrund gepostet.«

Sie dachte: Die erste Voraussetzung für diese Unterhaltung ist, dass ich nicht frage *Warum machst du das*. Ich gehe davon aus, dass man irgendwann im Laufe der Menschheitsgeschichte einen Sinn darin sehen wird, immer mehr Klöten ins Netz zu stellen. Sie senkte den Blick auf seine Füße; er trug – zum Spaß – Cowboystiefel, so wie er manchmal Fotos von sich im Cowboyhut mit der Bildunterschrift »Kuhjunge« hochlud. Er war einer der geheimen Schöpfer des neuen gemeinsamen Humors; die Stimme, die sie hier so intim vernahm, hatte wie ein regionales Feuer auf die ganze Welt übergegriffen.

»Und eines Abends bin ich zu einer Bar, wo sich ein paar Poster getroffen haben«, fuhr er fort. »Und einer kam rübergeschlappt und drückte mir eine Visitenkarte in die Hand, auf der *Ich habe deine Eier gesehen* stand. Ohne was zu sagen. Und da hat sein Kumpel neben ihm wie aufs Stichwort in eine Mülltonne gekotzt.

Und ich dachte mir: Nichts wird je wieder auf diese Art witzig sein.«

Das Essen kam und schmeckte widerlich, weil sie zum Spaß absichtlich das schlimmste Gericht auf der Karte bestellt hatten. »Du könntest ja darüber schreiben«, meinte sie, einer plötzlichen Eingebung folgend. »Jemand könnte darüber schreiben. Aber es müsste wie bei Jane Austen sein – was jemand bei kaltem Hammelfleisch zum Frühstück gesagt hat, ein fataler Fehler bei der Quadrille, edles Kammgeschwelle im Salon.« Blassviolette Klangschattierungen, ein Haar wird bis auf die DNA gespalten. Ein *Sozialroman.*

Als sie so sein Profil betrachtete, kam er ihr wie der hell lodernde Schlusspunkt einer Zivilisation vor: Schiffe auf dem Atlantik, seekranke Vorfahren über aufwallendem Grün, und dass er genau wie sein Sohn aussah, von dem er manchmal Bilder postete. Und wenn nicht, dachte sie, auf welche Weise sollen wir es dann für die Zukunft bewahren – wie es sich angefühlt hat, ein Mann um die Jahrhundertwende zu sein, der immer mehr Klöten ins Netz stellt?

Auf dem Weg hinaus erinnerte sie sich dunkel, dass sie vor langer Zeit zwischen flüchtigen Eindrücken von anderen Dingen einige dieser Bilder mit eigenen Augen gesehen hatte. Aber das konnte sie jetzt nicht mehr erwähnen; der Moment war vorbei. Er zündete sich eine Zigarette an, und als sie zum Spaß eine von ihm nahm, meinte sie: »Die Leute verstehen da was ganz falsch, oder? Allein schon wenn sie darüber schreiben, haben sie es falsch verstanden.«

»Und *ob*«, erwiderte er in einem Tonfall, der deutlich machte, dass auch sie es nicht verstand, und stieß, zum Spaß, sanft den Rauch durch die Nasenlöcher aus.

. . .

Ganze Subkulturen schossen in Internetforen auf, wo sich Menschen über ihre Hefepilzinfektion austauschten. Du bist einmal spätnachts darübergestolpert, als du gerade sinnlos herumgegoogelt hast: Warum bin ich die ganze Zeit müde, warum kann ich mir keinen siebenminütigen Monolog mehr merken, warum ist meine Zunge nicht mehr so rosa wie als Kind. (Um drei Uhr früh gab es nur zwei Fragen, die da lauteten *Sterbe ich* und *Liebt mich irgendjemand wirklich*.) Du bist auf das Hefepilzinfektionsforum gestoßen, dessen Willkommensschild dir am Highway der Schlaflosigkeit entgegenleuchtete, und durch seine Schwingtüren getreten, die auf der Stelle hinter dir zufielen. Du hast die Hefepilzinfektionssprache übernommen; was als gummiweich elastisches Wortspiel begann, wuchs sich zu Jargon und dann zu einer Doktrin aus und dann zu einem Dogma. Um sich gegen Demütigung, Rüge, Tadel zu wappnen, die du dir im Forum einhandeln könntest, hast du dein Verhalten subtil verändert. Hast Gegenargumente vorweggenommen und sie unter der Dusche in Gedanken durchgespielt, während du dir die Haare einshampooniertest, deren volles Wachstumspotential und Glanz die Hefepilzinfektion in Mitleidenschaft gezogen hatte. Falls sich auf den Hefepilzinfektionsseiten eine Charismabombe herumtrieb – so jemand, der die anderen Mitglieder zu immer neuen rhetorischen, improvisatorischen und Retourkutschenhöhen anspornt –, mochte das Forum durchaus eine ganz neue Sprache hervorbringen, die anfangs vom Rest der Welt nicht verstanden, dann aber als universell betrachtet werden würde.

Und womöglich lässt du für diesen Typen auch deinen Ehemann sitzen.

Am nächsten Morgen hattest du Schlaf in den Augen, und deine Zunge war sogar noch fahler als zuvor, und die Menschen, die bei der Arbeit an dir vorbeitrotteten, wirkten weniger real als das lebhafte Gescrolle durch das der Diskussion von Hefepilzinfektionen gewidmete Forum, das ja noch nicht mal existierte.

. . .

Das Bild einer neuen Laubfroschart, die erst vor Kurzem entdeckt worden war. Wissenschaftler vermuteten, der Frosch sei nie zuvor gesehen worden, weil er, Zitat, »warzenübersät ist und in Ruhe gelassen werden will«.

ich

ich

unglaublich ich

es ich

. . .

Andere Dinge rutschten in die Tiefe, und der reißende Strom des Bewusstseins schloss sich über ihnen, bis sie vergaß, dass sie jemals allgegenwärtig gewesen waren. Ein Dichter durchquerte Amerika zu Fuß, um die Öffentlichkeit für den Klimawandel zu sensibilisieren, aber wie genau sollte das bitte vonstattengehen? Und doch flüsterte sie jedes Mal, wenn ihr im Portal sein Name unterkam, das Wort *Klimawandel* vor sich hin. Er postete täglich ein neues Foto von seinen Füßen, und sie sah die unschuldigen Blasen zahlreicher werden und platzen, sah die teerschwarze Kruste dicker werden, sah, wo er hier und da auf einen Nagel getreten war. Plattfüße, dachte sie, und stets schwebte hinter und außerhalb des Bildes sein grinsendes, von den Girlanden seiner dünnen Haare umrahmtes Gesicht. Er trug die Messinggestellbrille eines Tele-Evangelisten sowie gewöhnlich ein Schweißband und eine knallorange Sicherheitsweste, und so wanderte er auf den heißen Schultern der Nation unter den endlos scrollenden Wolken dahin, und wanderte. *Klimawandel.* Eines Tages wurde er auf dem Highway von einem SUV angefahren, und niemand bekam je wieder seine Füße zu Gesicht; ihre ungeschminkten schwarzen Meilen, ihre Nagelmale und ihre Mission entschwanden aus dem Blutstrom des Jetzt. Jemand war gestorben, sie war ihm nie begegnet, dabei hatte sie doch dutzende Male an die Beschaffenheit seiner Verletzungen herangezoomt, so wie sie ins Rosa eines Sonnenuntergangs blinzeln mochte, zu dessen persönlicher Betrachtung draußen sie sich nicht aufraffen konnte. Und so war das.

. . .

Lol, schrieb ihre kleine Schwester. Stell dir vor dein Körper wird um 1–2 Grad wärmer… man nennt das Fieber, und du kannst sterben, wenn es eine Woche dauert. Stell dir vor, das Meer hat seit Jahren Fieber… lol

. . .

Ihre fünf Jahre jüngere Schwester führte ein Leben, das zweihundert Prozent unironischer war als ihr eigenes, weshalb gar nichts dabei gewesen war, als sie neulich für eine Serie von Boudoirfotos posiert hatte, die sie wie eine Tigerin kauernd, rekelnd und hechtend überall in der beigen Savanne ihres Vororthauses zeigten. »Die werde ich später mal wollen, nachdem ich Kinder bekommen habe«, erklärte sie. »Ich werd sie in fünfzig Jahren wollen, wenn ich alt bin«, und ihr Glaube an eine Zeit, in der Großmütter – in Pflegeheimen, Schaukelstühlen, auf unschmelzbaren Eisschollen aufs offene Meer hinaustreibend – herumhocken und in Erinnerungen an ihre schönen Titten und knackigen Ärsche schwelgen würden, war so ungebrochen, dass sie selbst auch für einen Augenblick daran glaubte: die Zukunft. »Darf ich das eine posten, wo du nur im Tanga und der Kappe von den Cincinnati Bengals am Fenster stehst?«, fragte sie, und ihre Schwester, deren Liebe bedingungslos war, sagte Ja.

. . .

So beträchtlich waren das Chaos und die allgemeine Entfremdung, dass Promihunde aus dem Bewusstsein der Öffentlichkeit verschwunden waren. Niemand war mehr darüber im Bilde, wie klein sie waren oder was sie trugen oder ob einer vor Kurzem mit einem intravenösen Zugang wiederbelebt werden musste, nachdem er beinahe in einer glutheißen Tasche erstickt wäre. Rückblickend wirkte die jüngste Vergangenheit, als die Leute begierig Fotos von Promis in Nicki-Anzügen betrachteten, die sie beim Auflesen der Häufchen ihrer Lieblinge mit zusammengeknülltem Zeitungspapier zeigten, wie eine Zeit unvorstellbaren Luxus, einer Geistlosigkeit, die beinahe an

Erleuchtung grenzte – wirkte letzten Endes fett und fri-
vol, um nicht zu sagen *Juicy*.

· · ·

Ein Polizist beugt sich zum Autofenster hinunter, ein
Polizist brettert über einen Grünstreifen, ein Polizis-
tenellbogen legt sich um einen Hals und wird in Richtung
Kamera angewinkelt. Der Himmel ruckt, es gibt ein Ge-
rangel, und dann liegen wir zusammen auf dem Asphalt.
Die rot angelaufenen Polizistennacken, die sandkorn-
haften Stoppeln an den Seiten der Polizistenköpfe, die
Polizistensonnenbrillen. Der schwere, großspurige Poli-
zistenatem, der nie derjenige war, der stillstand. Der po-
renlose Kunststoff von Schlagstöcken, die Schutzschilde,
das unaufhaltsame Sägezahnrollen von Panzern, dieser
eine zuckende Muskel in ihrem Gesicht, wo sie früher
Polizisten angelächelt hatte…

Tag für Tag ging ein neuer Name auf, und immer war es
ein Mann, der umgebracht worden war. Außer wenn es ein
Zwölfjähriger war oder eine Großmutter, ein Kleinkind in
einem Laufstall, eine Frau aus Australien oder… Und oft
schlug im Portal der diffuse Moment der Ermordung Wellen, wurde wieder und wieder abgespielt, als könnte sich
dadurch irgendetwas daran ändern. Und manchmal, wenn
sie die Gesichter sah, strich ihr Daumen die Linien von
Nase, Mund, Augen nach, als wollte sie jemanden ihrem
Gedächtnis einprägen, der nicht mehr da war, und von
dem sie nur wusste, weil es ihn nicht mehr gab.

· · ·

Diese endlosen Witzeleien darüber, dass man sich am liebsten von dieser Zeitachse lösen und in eine andere entwischen würde – wir hätten sie ja um Haaresbreite betreten, sie musste also irgendwo anders existieren. Die Witzeleien waren wehmütig, weil die jetzige Zeitachse keineswegs unabänderlich schien. Wenn sie die Hand ausstreckte und sie berührte, waberte sie, und an ihren Fingerspitzen blieb eine Substanz hängen, die sich wie Drogeriegleitcreme anfühlte – eine Gleitcreme, die nie und nimmer der Art Sex gewachsen war, die ihr vorschwebte. Diese Art Sex war jetzt illegal.

. . .

Als sie lostippte: »Riesiger Fettberg aus Öl, Feuchttüchern und Kondomen sucht Londons Kanalisation heim«, begannen die Umrisse ihrer Hände zu flackern, und sie musste sich mit dem Scheitel an der kühlen Wand hin und her wiegen, hin und her. Was war vorangegangenen Generationen anstelle dieser Sätze durch den Kopf gegangen? Volksreime über das Anpflanzen von Rüben vermutlich.

. . .

»In den Fünfzigern wären wir Hausfrauen gewesen«, meinte ihre Freundin achselzuckend; sie war dabei, mit einem großen frugalen Haufen Urkörner ihren Katzenjammer aufzusaugen.

»In den Fünfzigern hätte ich einer Milkshake-Gang angehört und einen Spitznamen wie Rattenbiss gehabt«, entgegnete sie und starrte auf ihren Salat, der ihr auf einem Brett serviert worden war. Sie fuhr so rabiat mit der Gabel hindurch, dass ihr eine Gurkenscheibe in den Schoß flog, von wo sie zu ihr aufblickte wie eine frische grüne Uhr.

. . .

Weiße, die so politisch gebildet wie Kartoffeln waren – plump, unreif, proirisch –, sahen sich auf einmal gezwungen, ihre Stimme gegen die Ungerechtigkeit zu erheben. Was durchschnittlich einmal alle vierzig Jahre und normalerweise nach einer Zeit eintrat, in der Folkmusik wieder in Mode gekommen war. Sobald nämlich Folkmusik wieder in Mode kam, fiel den Leuten wieder ein, dass sie ja Vorfahren hatten, und – mit erheblicher Verzögerung – dass diese Vorfahren schlimme Dinge getan hatten.

. . .

Das Tröstliche an Filmen war, dass sie sich Körper ansehen konnte, die sich ihrer Körperlichkeit nicht bewusst waren. Die sich mühelos durch Friedhöfe, ja sogar bergauf bewegten, Kleidung ohne piksende Etiketten trugen, und nie klebte ein verirrtes Haar im Lipgloss; sie waren ohne jede Reibungsfläche, wie Körper im Himmel. Glitten diaphan übereinander, ritten so malerisch auf der Liebe wie auf Präriepferden, und die Sexszenen glichen Blusen, die Hosen in einem Schrank streifen, gefühllos und ohne eines der Gefühle, die ihr an dem klaren blauen Ort fehlen würden.

Gras sägte am Meeresufer, es musste nicht fühlen, dass es Gras war. Ein Pelzmantel in einem Film von 1946 kam einem Zustand nahe, der frei von Grausamkeit war, so viele Lichtjahre hatte er sich von seinen Ursprungsfüchsen entfernt. Filme von Genies bildeten die Ausnahme. Alles darin war von einem Nimbus umgeben, bei dem es sich um den unverkennbaren Schmerz des Seins handelte. Na gut, die zweite Ausnahme war es, wenn eine Schauspielerin ein Oberlippenbärtchen hatte, von dem sie keinen Moment den Blick abwenden konnte.

. . .

»Ich hab die unglaublichste Neuigkeit für dich«, sagte ihr Mann eines Tages und erzählte ihr, dass der Nachbar von unten zurzeit in einer Realityshow namens *Nicenstein* mitspielte, in der es wie bei allen Realityshows um eine Gruppe enger Freunde ging, die einander hassten. Ungläubig schauten sie die komplette erste Staffel an einem Tag durch. Die ganze Zeit über waren unter ihren Füßen die Aufnahmen im Gange gewesen. Es mussten sich doch sicher einige ihrer Worte durch die Decke auf Zelluloid niedergeschlagen haben – irgendein auf Repeat laufendes Album, ein Schrei in der Nacht. Aber nein; je länger sie zusah, desto weniger Anhaltspunkte gab es für ihre Existenz: allein, leidend, vom Nimbus ihres Oberlippenbärtchens umgeben, war sie in ihren Gedankenhimmel über den herumschreienden, ätzenden Freunden eingesperrt.

. . .

»Ich hasse diesen Dildo«, verkündete sie. »Ich habe ihn schon immer gehasst. Ich schmeiß ihn sofort morgen früh weg.« Sie hatten das Ding vorhin benutzt, und da lag es jetzt im Bett, kahl und ungehörig und mit falschen Perlen gespickt.

»Och, hat es etwa wehgetan?«, tat ihr Mann gespielt unschuldig, während er seinen marmornen Torso auf dem Kissen zurechtrückte.

»Was glaubst du denn!«, brüllte sie und schwang den Dildo wie eine Sexdirigentin. Er war wirklich monströs dick. Und wozu musste man eigentlich noch diese künstlichen Adern draufklatschen? Sie wollte jetzt auch nichts Delfinförmiges oder so was, aber wozu die Adern? »Stell dir mal vor, wie dir das jemand in den Arsch schiebt!«

»Aber ich *will* es ja auch nicht in meinem Arsch«, erwiderte ihr Mann sehr vernünftig.

»Als ob etwas weniger wehtut, nur weil man es will!« Die unabsichtliche Weisheit dieses Satzes rauschte wie frisch gewaschen, vom Wind gebläht durchs Zimmer. Wie sie es liebte zu brüllen, sich zu widersprechen, Unsinn zu reden in den kleinen ehrfurchtsvollen Stunden der Nacht, die als wunderbares Publikum mit ihren gleichförmigen Köpfchen zu ihr aufblickten. Hatte sie sich vorhin nicht so weit wie möglich geöffnet, gestöhnt, sogar *Ja, ja, mehr* gedrängt, als er ihr den Dildo reinsteckte? Schon, schon. War der pochende Schmerz zwischen ihren Beinen nichtsdestotrotz ihr gutes Recht? Absolut. Er sollte ihn auch mal in den Arsch nehmen. Sollte sich ausnahmsweise selbst das ungehörige adernüberzogene Teil gefallen lassen.

»*Männer*«, sagte sie, zufrieden jetzt. Der Dildo wanderte zurück in sein Kästchen. Vor vier Jahren hätte sie für eine Frauenwebseite wie Dangerous Amanda oder Brunette 43

Ambition einen persönlichen Essay darüber verfasst und 250 Dollar dafür bekommen, aber heute gab es nichts als das Stöhnen, den Augenblick und die rauschende Weisheit, heute gab es nichts als die unwiederholbare Nacht.

. . .

»Weinst... weinst du etwa?«, fragte ihr Mann und schmiss seinen Rucksack auf einen Stuhl. Sie sah ihn mit verschwommenem Blick an. Natürlich weinte sie. Warum weinte er *nicht?* Hatte er denn nicht das Video von der Frau gesehen, die sich eine verkrüppelte Biene als Haustier hielt, und die Biene liebte sie, aber dann war die Biene gestorben?

. . .

Ihre Teetasse hob sich an ihre Lippen, neigte sich, schwebte wieder fort. Als sie einen Moment später den Kopf von ihrer völlig versunkenen Lektüre hob, war die Tasse nirgends zu sehen – weder auf dem Beistelltisch noch umgekippt auf dem Boden oder zwischen das ungemachte Bettzeug gefallen. Der Aquarellgarten, das schüchterne, strohgedeckte Cottage und der vergoldete Rand der Tasse waren wie vom Erdboden verschluckt. Während der halben Stunde, in der sie danach suchte, wurde ihr immer unheimlicher zumute, denn was da in ihrer rechten Hand brummte, war die Ahnung, sie könnte die Tasse irgendwo in ihrem Handy abgestellt haben.

MINDESTENS ZWEIMAL PRO WOCHE litt sie unter der furchtbaren Zwangsvorstellung eines Babyhitlers. Der dreckigen schwarz-weißen Speckfalten seiner Achselhöhlen. Mal nackt, mal in Windeln, mal mit Bärtchen, mal ohne, mal in einem kleinen grauen Panzer hockend, mal zusammen mit einem zweiten Baby, das eine blonde Perücke aufhat, in einem Bunker einquartiert. Dann steigt jemand in eine schwarze Telefonzelle und rast auf einem schwarzen Kometen zu Babyhitler zurück – ein klaffender Schnitt oder ein Genickbruch oder die gepunktete Linie und das BÄMM! einer Kugel. Dann Babyhitlers Marzipan von Kopf bis Fuß mit rotem Zuckerguss vollgeschmiert, und mir nichts, dir nichts ereignet sich die Zukunft nicht mehr. Die Zahlen wandern dorthin zurück, wo sie hingehören, Streifen fügen sich wieder ins Feste, Kilos fliegen auf Hüften zurück. Kartoffeln verwandeln sich wieder in normales Essen. Aber wohin entlädt sich das ganze freischwebende rote Gefühl, die Wolke unter den Menschen, die ihn zu jenem Balkon hochschwemmte, auf dem er zum ersten Mal das Wort ergriff?

. . .

NICHT mein amerika, postete eine wahnsinnig nette Frau, und aus irgendeinem Grund antwortete sie:

> stimmt, verdammt … wofür haben wir denn eigentlich george washingtons kopf in einem vierteldollar eingeschlossen

. . .

Einen Monat nach der Wahl war sie für achtundvierzig Stunden auf dem Portal gesperrt worden, weil sie ein Foto von sich gepostet hatte, auf dem sie über einer kleinen Skulptur aus verbogenen braunen Pfeifenreinigern mit der Aufschrift DER BAUM DER FREIHEIT hockt und ihre Tage hat. »Aber würde das nicht bedeuten, dass du der Tyrann in diesem Szenario bist?«, fragte ihr Mann, worauf sie entgegnete, er solle ihr nicht mit solchen Haarspaltereien kommen. Nachdem ihr Account wiederhergestellt worden war, hatte sie beschlossen, sich für eine Weile politischer Äußerungen zu enthalten – *nicht* weil sie sich damit Ärger eingehandelt, sondern weil sie ihren Standpunkt klargemacht und es außerdem ungefähr drei Tage gedauert hatte, um die laufende Periode vor die Linse zu bekommen.

. . .

Immer wenn sie an dem Modellbahnladen vorbeikam, ballte sie die Fäuste und murmelte: »Das ist *dein* Werk …« Und es stimmte ja, es stimmte, das Leben, wie wir es kannten, ging zu Ende, weil so ein alter, eisenbahnverrückter Irrer vor ungefähr 160 Jahren die Eisenbahn erfinden musste, weil es sie noch nicht gab. Tschu, tschu, du Wichser, bist du jetzt zufrieden?

. . .

Unser einziger Kitt war diese Überzeugung: dass man in jedem anderen Land unsägliches Essen isst; Götter verehrt, die durchsichtiger sind als Glas; nur die unsinnigsten Silben aneinanderreiht, wie *gu-gu-gu-gu-gu-gu-gu*; kriegerisch ist, aber nicht edel; den Toten die Überfahrt nicht in den richtigen Booten erleichtert; nicht den richtigen Weihrauch zu den großen blauen Nasenlöchern hochfächelt; mit allem gemein ist, was da kreucht und fleucht; seine Kinder nicht liebt, jedenfalls nicht so wie wir die unseren; die verführerischsten Körperteile entblößt und die banalsten verhüllt; zum Schutz vor übernatürlichen Kräften die Hände vor den Penis hält; die Lyrik Kacke ist; man keinen Respekt vor dem Mond hat; die kleinen Gesichter unserer Liebsten in den Schmortopf schnippelt.

. . .

Gejegtlagt verwandelte sie sich gern mal in ihre Mutter, eine Schulbibliothekarin mit einem verkappten Alkoholproblem. Wenn meine Mutter wenigstens eine *College-*Bibliothekarin gewesen wäre, dachte sie. Dann hätte ich eine realistische Chance auf die richtigen Ideen gehabt.

. . .

»Stream of Consciousness!«, rief sie auf der Bühne in Jamaica, wo das Wasser von einem nackten Aquamarinblau war. Wenn auch vielleicht nicht mehr lange, dachte sie düster bei sich. »Stream of Consciousness hat sich vor langer Zeit ein Mann angeeignet, der von seiner Frau vollgefurzt werden wollte. Aber was ist mit dem Stream of Consciousness, der nicht ganz der eigene ist? An dem man mitwirkt, der einen aber auch beeinflusst?« Im Publikum gähnte jemand, dann noch eine Person. Unsere Spezies war ansteckend gewesen, lange bevor sich die Überträger unserer Zeit herausgebildet hatten.

. . .

Als man ihr in der Wildtierrettung in Melbourne das kleine Albinokänguru in die Arme legte, befiel sie Argwohn: Fühlten sich die Leute diesem speziellen Känguru aus Gründen der White Supremacy gleichermaßen zugetaner, wie sie immer unbedingt blauäugige Katzen adoptieren wollten? Bedenkenswert. Aber als sie das Tier so im Arm hielt, spürte sie, wie sich in ihrem Inneren etwas tief und geschmeidig ausbuchtete: ein Ding aus diesem Kontinent herauszuschmuggeln, diesem Kontinent, wo der Mond rückwärts über den Himmel wandert und man das Eis am Stiel unter Golden Gaytime kennt. »Amerika ist sehr rassistisch, stimmt's?«, fragte sie der Fahrer auf dem Rückweg in die Stadt. »Und wie«, antwortete sie und setzte zu einer Erklärung an, doch er hob kopfschüttelnd die Hand. »Wir sehen es ja täglich von hier«, sagte er. »Dauernd bringt die Polizei diese Leute um, selbst wenn sie nur was Kleines geklaut haben.«

. . .

In der Hoffnung, es würde ihr Land in ein günstiges
Licht rücken, erschien sie eine Stunde zu früh zu ihrem

Interview bei der BBC. »Würden ... Sie ... sich selbst ... als Engländer bezeichnen?«, fragte sie den Interviewer überaus zartfühlend, als er sie in das klimatisierte Studio führte, denn sie hatte nie so recht verstanden, wer jetzt englisch sein sollte und wer nicht.

»*Wenn mir jemand eine Knarre an den Kopf hält, vermutlich schon, ja!*«, erwiderte er, stieß einen heißen Atemschwall aus und schob das Kinn mit einem halb resignierten, halb trotzigen Gesichtsausdruck vor. Erschrocken wich sie zurück. Hatte sie da gerade einen Brexit begangen? Heutzutage war es ja so leicht, aus Versehen einen Brexit zu begehen. Sie trat wieder vor und tätschelte ihm unbeholfen den Arm. »Machen Sie sich da mal keine Sorgen«, sagte sie. »So etwas würde Ihnen nämlich nur in Amerika passieren.«

. . .

Während der letzten fünf Minuten Fahrt erklärten ihr die Taxifahrer anderer Länder gern, dass der Diktator wenigstens ein bisschen frischen Wind hineinbringe. »Es läuft doch da drüben schon viel besser«, meinte einer aufmunternd zu ihr, während sich der Tag draußen wie ein unvergleichlicher Bildschirmschoner exakt in seinen Rahmen senkte. »Ich habe zehntausend Dollar bei dieser Wahl gewonnen, wissen Sie. Ich wusste, was kommt. Sonst niemand.« Was auch immer gerade vor sich ging, war also nicht nur ins Wasser, sondern auch in die Meere gedrungen.

. . .

Immerhin bestand für die Jugend noch Hoffnung. In einem europäischen Zug teilte sie sich das Abteil mit einem kindischen Pärchen aus Tschechien, das einander am liebsten in Augen, Hände und Mund gekrochen wäre. Alle paar Minuten packte das Mädchen das Handgelenk ihres Freundes und küsste es, als verspeiste sie die erste Erdbeere der Saison, um dann einen zärtlich durchdringenden Wortschwall auf Tschechisch über sein Gesicht zu ergießen. Ihre eigenen Wangen glühten schamrosa, nicht nur weil in Amerika der Sex am 8. November 2016 aufgehört hatte, sondern auch weil Englisch, diese Sprache gesteinsbrechender und damit erbauender Eroberer, nie einen solchen Klang hatte hervorbringen können – als verfiele sie gerade Hals über Kopf in ihren eigenen gestreckten Galopp.

Revolution, dachte sie, während sie das Pärchen betrachtete, tretet die Revolution los, als diese ihr auf einmal die Strahlen ihrer Sonne zuwandten und lächelten.

. . .

Es sollte doch nicht wahr sein, dass ihr unverhofft, wenn sie durch die nassen Straßen internationaler Städte spazierte, der warme, unverwechselbare, der Wenn-man-es-bricht-entströmt-ihm-der-überwältigende-Dampf-menschlicher-Seelen-Geruch von Subway-Brot in die Nase steigen sollte. Dass sie ihn so augenblicklich erkennen, auf der Stelle stehen bleiben, dass sie und ihr Mann sich strahlend einander zuwenden und mehrstimmig die Worte *EAT FRESH* trällern sollten. Nein, es sollte nicht wahr sein, dass das moderne Leben jeden von uns

zu Franchisenehmern einer geistigen Subway-Filiale
machte.

. . .

An der Hotelbar im Erdgeschoss quatschte ein schmu-
ckes belgisches Paar, das immer über eine gute Krankenversicherung verfügt hatte, sie auf einen Dreier an, aber
erst nachdem sie sich erkundigt hatten, wen sie gewählt
hatte.»Verzeihung, tut mir ja sehr leid zu fragen?«

. . .

Aber waren wir nicht untendrunter doch alle gleich? Wie
es aussah, wohl nicht – in der Provence wartete der Mann
von oben vor den Toiletten auf sie und ergoss sich, sobald sie die Tür öffnete, wie eine Fontäne, eine Ölquelle,
wie ein Münzregen in ihren Mund.»*Ho!*«, sagte sie mit
der Stimme einer Reiterin und verdrehte die Augen vor
strohgelbem Wein und unvermuteter Präriekeuschheit.
Aber er keuchte dreimal wie Jesus, stürzte sich erneut
auf sie, und ach, dachte sie, als Jahrhunderte des Aus-
einanderstrebens in Form einer menschlichen Zunge in
sie eindrangen, ach, scheiß drauf, die Franzosen sind
wohl wirklich anders. Sie verstehen was von Aufruhr,
zum Beispiel.

. . .

»Es kommt mir fast so vor, als hätte ich als Mann gar
nichts zu sagen«, lächelte der deutsche Lehrer, der
sie in seinen Unterricht eingeladen hatte. Drei seiner
Schüler:innen waren nonbinär und einer aus Texas her-
verpflanzt worden, weshalb sie ihn dauernd mit einem

Lasso um die Hüfte vor sich sah – bald zum Mann gereift, und das, ohne ein Wort sagen zu können! In gewisser Hinsicht empfand sie Mitleid mit dem Lehrer, dessen Haare an ein Legoklötzchen erinnerten, doch in einer anderen, viel konkreteren Hinsicht hatte sie sich an diesem Morgen einen deutschen No-Name-Energydrink zugeführt und dabei gedacht: Geht's eigentlich noch stärker? »Die einzige mögliche Antwort darauf lautet... Halten Sie die Klappe«, erwiderte sie viel lauter als beabsichtigt, ehe sie sich fragte: Himmel, kann Koffein denn *metrisch* sein? »O nein, es läutet ja schon«, meinte er traurig, obwohl sie die Glocke gar nicht gehört hatte, und darin, wie er sie dann stirnrunzelnd ansah, schwang ganz unmissverständlich mit: Sie hatte den Unterricht überall, auf der ganzen Welt, beendet, und niemand durfte je wieder etwas lernen – vor allem nicht er, der Lehrer.

· · ·

Der unlängst vom Diktator ernannte amerikanische Botschafter in Finnland führte sie in seiner Residenz herum. Er war von Dante besessen und hatte für seine persönliche Sammlung eigens ein Schachbrett mit historischen Figuren aus der *Göttlichen Komödie* anfertigen lassen. »Allerdings habe ich es auf den neuesten Stand gebracht«, verkündete er mit der leicht aufgegeilten Selbstgefälligkeit, die alle republikanischen Opas in solchen Situationen an den Tag legen. »Ich habe die Bösen durch einen ergänzt. Gucken Sie mal, ob Sie ihn finden.« Es war Hitler. »Ich habe auch die Guten durch noch einen ergänzt«, sagte er, und sein Gesicht platzte fast vor Erwartung wie ein schwanzwedelnder Präsidentenhund, als sie den Blick senkte. Es war – und wie konnte es anders sein – Ronald Reagan mit einem Cowboyhut.

. . .

Was sollten wir mit den Jungs machen? Was sollten wir nur mit den Jungs, den Jungs machen? In den Niederlanden lernte sie einen Mann kennen, der jetzt ein Marxist, früher jedoch »*ein im Darknet indoktrinierter Kryptofaschist*« gewesen war. Wie alle Faschisten war er insgeheim devot, und was er sich mehr als alles andere wünschte, war, eine Frau hochzuheben und so lange in die Arme zu schließen, wie sie ihn ließ. Zur Veranschaulichung wirbelte er sie mit einer einzigen Bewegung voll ungeahnter Eleganz und Kraft in die Höhe; schlang sich ihre Beine um die Hüfte und stieß einen Seufzer von nahezu porendurchdringender Erleichterung aus. »Bist du zufrieden?«, fragte sie, worauf er wie ein kleines Kind nickte, zu keinem Wort fähig, und seinen feuchten Kopf an ihren Hals schmiegte. »Deine Haare sind so weich«, murmelte er. »Kannst du meine Haare auch wie deine so weich machen?«

. . .

Ihre Sitznachbarin im Flugzeug las mit der räuberischen Befangenheit, dieser leeren Gier, die für das Lesen im Portal so kennzeichnend war, »25 Dinge, die du noch nicht über *Vom Winde verweht* wusstest.« Nummer 25 lautete schlicht: unterernährtes Pferd.

. . .

Die Cairns müssen heilig sein, dachte sie, als sie dort war, denn ringsum summte die Luft zweifach, dreifach vor sich neu durchwebendem Leben. Alte Gewänder und Knochen rauschten auf dem Weg zu Kochstellen an ihr vorbei, eine Augenwolke vergewisserte sich mit einem Blick in den Himmel, wo die Sonne stand, und die roten Kühe auf dem Hang gegenüber sprachen in beinahe unverständlichen Worten zueinander: *Leben, Tod, ich sprudle über, grünes Gras*. Es heißt, für das Andenken an einen Menschen bräuchte es nichts weiter als einen kleinen Stein auf dem anderen, und nichts sonst taten wir doch im Portal – Steinchen auf Steinchen auf Steinchen?

. . .

In Dublin sah jede einzelne Frau aus wie ihre Mutter. In Dublin *war* vielleicht jede einzelne Frau ihre Mutter. Sie hatten eine garstige Art, die ihr gefiel. Sie bereiteten fantastische Gemüsecremesuppen zu. Musterten sie mit zusammengekniffenen Augen, als wäre sie eine der Schlangen, die der heilige Patrick vertrieben hatte, und käme jetzt schließlich doch wieder angekrochen. Ich liebe Sie, versicherte sie ihnen in einem fort, wenn sie aus ihren nach Wolle riechenden Häusern trat, *Ich liebe Sie* statt *Auf Wiedersehen*.

Als sie durch die Tore von Saint Stephen's Green spazierte, begann das neue Buch, der kollektive Stream of Consciousness, auf die strenge Büste von Joyce zuzufluten. Der ganze Park war so triefend nass, dass er fast tief wirkte, als könnte man kopfüber hineinspringen und auf der anderen Seite wieder auftauchen. Sie machte ein Foto mit Regentropfen auf der Linse und stellte es ins Portal. Und weil man immer noch als Einzelperson herumspinnt, beugte sie sich vor und hauchte der Statue ein leise pupsendes Geräusch ins Ohr.

. . .

Am Abend im Hotelzimmer stiegen sie und ihr Mann auf gegenüberliegenden Seiten ins Bett, und auf einmal machte ihre Ehe einen Satz durch den Spiegel: sein Gesicht erschien zu groß, ihre Lippen fühlten sich aufeinander wie die fremder Leute an, und als er versuchte, den rechten Arm zu heben, um sie zu berühren, hob er stattdessen den linken. »Nein«, rief er nach einem Augenblick, »zurück mit dir, marsch, marsch! Rechte Seite, rechte Seite, rechte Seite!«

. . .

Im Archäologischen Museum traten sie aus einem Saal voll hauchdünnen Blattgolds in die tanninherbe Dunkelheit, in der die Moorleichen ausgestellt waren. Eine Informationstafel informierte sie darüber, dass eine der Moorleichen abgetrennte Nippel aufwies, da es im alten Irland als Zeichen der Unterwerfung gegolten hatte, an den Nippeln eines Königs zu saugen. Vor dem Exponat stand, von seinen gackernden älteren Brüdern umringt, ein kleiner Junge und heulte. Der Zeigefinger der Moorleiche war erhoben, als wollte sie etwas posten. Der dunkelbraune nippellose Rumpf wand und wand sich im Dunkeln – konnte jetzt, außer über den weinenden Jungen, nie mehr König werden.

»Und was haben Sie DAZU zu sagen!?«, wollte eine Frau in Neuseeland wissen und hielt ihr einen zusammengefalteten, offenbar sorgsam gehüteten Ausschnitt aus dem *Telegraph* unter die Nase, in dem es hieß, dass einer von acht jungen Menschen im wirklichen Leben noch nie eine Kuh gesehen habe.

. . .

Auf Skye aßen sie und ihr Mann Kaisergranat in einem Restaurant mit Blick auf einen langen grauen Felsrücken, auf dessen Spitze ein Leuchtturm stand, und lachten über die Touristenmassen, die immer überall zu sämtlichen Leuchttürmen pilgern mussten. »Manche Dinge!«, flüsterte ihr Mann. »Sind gleich! Egal wohin man fährt!« Aber als sie sich später einen Nachmittag Auszeit vom Portal nahm, um Virginia Woolf zu lesen, wurde ihr klar, dass er das gewesen sein musste, der Leuchtturm, zu dem die Familie auf der letzten Seite segelt. *War* es die letzte Seite? Oder schloss der Roman nicht damit, wie sie und ihr Mann die roten Rücken niedlicher Tierchen knackten – Ausschneidefiguren voneinander und alle gleich – und die Leute auslachten, die sich wie eine Welle voranwarfen, die Familie auf ihrer Fahrt zum Leuchtturm?

. . .

»Eure Aufmerksamkeit ist heilig«, sagte sie zu den Schülerinnen und Schülern, während ihr Handy ungeniert in ihrer Gesäßtasche vor sich hin vibrierte, denn ein uralter Witz von ihr über eine Politikerin aus Florida, »die während einer geplanten Dammverlängerung beinahe gestorben wäre«, erfuhr an diesem Morgen neue Aufmerksamkeit. »Es ist die sich aufreibende Seele«, fuhr sie fort, schloss die Augen, um etwas anderes zu sehen, und schilderte ihnen das entlegene Kloster, das sie letztes Jahr besucht hatte. Es überblickte ein Gewoge von frischem Lavendel wie höhere Wäsche, durch den Regen krochen schillernde Nacktschnecken auf Wallfahrt herbei, und jeden Abend kamen die Mönche in einem unterirdischen Zimmer zusammen, um schweigend die Schrift zu studieren. Ihre versammelte Kahlköpfigkeit gebeugt, saßen sie in der kühlen Mulde des Raumes im Kreis und lasen. Der abschüssige Boden schien auf eine prismenförmige weiße Ecke zuzuströmen, in der sich die Welt um sich selbst stülpte wie in einer perfekten Speerspitze aus Quarz; dass sie so solide wirkte, entbehrte jeder Grundlage, aber dorthin war alles Studieren verschwunden.

»P-P-P-PERFEKTE P-P-P-POLITIK!«, blökte sie in ein hei-
ßes Mikrofon in einer öffentlichen Bibliothek. Diese
Woche hatte sie für ihr lückenhaftes Wissen über den
Spanischen Bürgerkrieg leise Kritik einstecken müssen,
und die Erinnerung daran nagte immer noch an ihr. »P-
p-p-perfekte P-p-p-politik wird sich als Waschbär mit
Schorfgesicht auf der Erde zeigen!«

. . .

Täglich sahen wir neue Anhaltspunkte dafür, dass erst
das *Portal* der Machtergreifung des Diktators den Weg
geebnet hatte. Es war beschämend. So als käme heraus,
dass der Vietnamkrieg in Wirklichkeit durch Amateur-
funk entfesselt worden war oder Napoleon ausschließlich auf die Ratschläge eines Papageis namens Brian hin
gehandelt hatte.

. . .

Es gab Leute, die sich wieder voller Begeisterung auf das
Thema Russland stürzten. Andere waren wild entschlos-
sen, es zu boykottieren. Weil der Kalte Krieg ja vor allem
peinlich gewesen war.

Nicht nur die Ansichten, sondern die Jeans auch.

. . .

Im Gegensatz zu ihrer eigenen Generation, die einen Großteil ihrer Onlinezeit damit verbracht hatte, Programmieren zu lernen, um den Hintergrund ihrer Weblogs mit primitiven Schmetterlingsanimationen zu schmücken, riss die direkt nachfolgende im Netz vor allem unwahrscheinlich bigotte Witze, um dann die Trottel auszulachen, die dumm genug waren zu glauben, dass sie es ernst meinten. Nur, dass sie es nach einer Weile wirklich ernst meinten, und das Ende vom Lied war, dass sie sich irgendwie als Nazis entpuppten. War das der unaufhaltsame Lauf der Dinge?

. . .

Künftige Historiker werden sich unser Verhalten nicht erklären können, es sei denn, und lass mich bitte ausreden, anhand einer Mutterkornepidemie, ausgelöst durch kontaminierte Roggenhandlungen?

. . .

Jedes Mal, wenn es in den Nachrichten kam, hatte sie ihn von Neuem: den Traum, in dem ihr Vergewaltiger nett zu ihr war. Er lag neben ihr im Bett und sprach leise auf sie ein, und ihr dämmerte, dass es sich hier um ein einziges großes Missverständnis handeln musste, was mit einem unerträglich feinen Tuch etwas im Körper aus dem Geist wischte. Anschließend spazierten sie gemeinsam als die zwei am innigsten verbundenen Menschen der Welt durch den Traum, wenn auch niemand, dem sie über den

Weg lief, Verständnis hatte und Freunden und Familie bei ihrem Anblick vor leiser Erschütterung die Kinnlade herunterklappte.

. . .

Das Wort *toxisch* war gesalbt worden und konnte jetzt nicht mehr in die Bedeutungslosigkeit eines gewöhnlichen Wortes zurückfallen, ähnlich wie ein Mensch, der Berühmtheit erlangt: Für ihn gab es kein normales Mittagessen, keinen einzigen Cobb Salad im Freien mehr, ohne dass er das volle Bewusstsein des eigenen Daseins kosten musste. *Toxisch. Leistung. Diskurs. Normalisieren.*

»Hör mal auf zu normalisieren!!!!!«, schrien wir uns gegenseitig an. Aber alles, was wir normalisierten, war der Gebrauch des Wortes *normalisieren*, das so klang, als ballerte ein Typ namens Norm mit einer Strahlenpistole um sich und verwandelte alles, was sich ihm in den Weg stellte, ebenfalls zu Norm.

. . .

Als caucasianblink.gif aufkam, huschten ihre Augen von links nach rechts darüber, als läse sie hunderttausend Wörter. Die kleinen Fäden, die menschliche Augen mit menschlichen Augen und menschliche Münder mit menschlichen Mündern verbinden, dirigierten sie zu dem Gesichtsausdruck: Ihre Augenbrauen schnellten in die Höhe, ihr Kopf ruckte zurück, und sie blinzelte mit. Manchmal gab sie sogar einen der Mimik entsprechenden Laut von sich, ein gedämpftes Brummen oder

Keuchen, das mit dem Spannungsbogen stieg und fiel. Nicht länger ging es um die peinliche pubertäre Frage, ob alle Menschen das gleiche Grün sahen. Es ging darum, welche leise, körperlose Version von *Ähm, wie war das gerade, Linda* sich im innersten Ohr abspielte, wenn der kaukasische Mann im Portal auftauchte und darum bat, ihm bei der Aufführung seines nicht enden wollenden Stückes behilflich zu sein, nur noch dieses eine Mal, *bitte*, man war doch der Einzige, der ihm helfen konnte, diesem *Meisterwerk universellen Gefühls* Leben einzuhauchen.

. . .

Context Collapse! Das klang ziemlich schlimm, oder? Und auch wie das, was zurzeit mit den Bienen passierte?

. . .

Bestimmte Menschen kommen mit dem Internet in sich zur Welt und tragen schwer daran. Thom Yorke ist einer davon, dachte sie und machte es sich in ihrem Sessel gemütlich, um sich die Doku *Meeting People Is Easy* anzusehen. Die Kinematografie zerfällt in die Neonschlieren vorbeirasender Straßen, kippende Flaschenhälse und Fremde; Menschen, die strahlengleich Flughafenprismen durchbrechen, an Taxifenstern platt gedrückte Haarwirbel, Flure wie menschliche Mausefallen, Werbung, wo Kunst hätte hängen sollen, hell aufgleißende Wasserstraßen, ein sattes Schwefellicht auf dem Schlagzeuger. Es regnet, es regnet alles. Der Soundtrack blitzt hier und da durch eine Fuge aus Interviewfragen auf, von denen immer wieder die gleichen wiederholt werden: *Musik zum Pulsadern-Aufschneiden?* Aus jeder Einstellung spricht der Tenor, dass die uns durchlaufenden Stromkreise sich immer weiter ausbreiten, qualvoll sind. Doch dann geschieht etwas.

Thom Yorke richtet das Mikrofon auf eine Menschenmenge, die einstimmig, stumpf wie Büffel, den Refrain von »Creep« singt, ohne ein einziges Wort auszulassen. Er zuckt die Schultern. Die lässige Haltung seines Handgelenks verrät: Schau dir nur diese Trottel an, und vielleicht bin ich ja selbst auch einer. Und dann lächelt er, eine Wange scheint wie ein Apfel im grauen Nebel auf, und es ist ein echtes Lächeln, das vorgibt, keins zu sein. Er stimmt die letzte Tonfolge an, anfangs beinahe persiflierend, doch mittendrin bricht sich seine Stimme durch eine bittere Gezwungenheit Bahn und blüht, groß und schrecklich wie eine Tigerlilie, zu dem wahren Song auf, den er neu hervorgebracht hat, und der nun wieder ihm gehört. Selbst die Männer, die seinen Namen dazwischenbrüllen – Thom, Thom, Thom –, um ihn sich selbst zu entreißen, gehen darin unter. Die Schranken seiner Haut sind gefallen, er ist rundum geborgen, ist groß wie die Arena und allein wie das erste Mal, als er herausfand, dass er diesen Klang in sich trug. So steht er da, umkrallt das Mikro, als wäre es die Kehle dessen, was ihn verletzte, und jede Starre in seinem Inneren ist aufgebrochen – nurmehr ein Junge jetzt, der die einzige damals erhältliche Sorte Hemd trägt.

»So habe ich mich noch nie gefühlt«, sagt er später in
einem Interview, das Gesicht wieder von seinem gewohn-

ten rosa Weltschmerz erfüllt, über den Anblick dieser anonymen Tausende auf einem Hügel, die alle ihre Feuerzeuge schwenken. »Es war nicht mehr menschlich.«

. . .

Der Unabomber hatte in jeder Beziehung recht gehabt! Na ja... vielleicht nicht ganz. Mit dem Unabomberkram hatte er danebengelegen. Aber das mit der Industriellen Revolution hatte den Nagel auf den Kopf getroffen.

. . .

Ein Reporter hatte den Unabomber mal gefragt, ob er Angst habe, im Gefängnis den Verstand zu verlieren. »Nein, ich mache mir eher Sorgen, dass ich mich dieser Umgebung sozusagen anpassen, mich irgendwann darin wohlfühlen und jeden inneren Widerstand aufgeben könnte. Und ich habe Angst, dass ich im Laufe der Jahre vergesse... dass ich allmählich meine Erinnerung an die Berge und Wälder verliere, und das macht mir wirklich Sorgen – dass ich diese Erinnerungen verlieren könnte, und wie es sich anfühlt, allgemein im Einklang mit der freien Natur zu stehen.«

. . .

Einmal war sie mit einer Frau, die sie aus dem Portal kannte – lange rotblonde Haare, die sich von einer flämischen Stirn wegringelten, –, durch den Washington Square Park spazieren gegangen. Die Frau wies auf einen alten Mann beim Schachspiel; sie sagte, dass sie auf dem Weg zur Arbeit immer nach ihm Ausschau halte, vor Kurzem jedoch hätte wochenlang jede Spur von ihm gefehlt, 63 und es sei eine solche Erleichterung, ihn jetzt wiederzusehen, wie er dort seine wackeren weißen Springer in ihren Rösselsprung zog und mit dem Blätterwerk seiner Tageszeitung einen trocken, raschelnden Herbst hervorbrachte. »Vielleicht sind wir ja damit betraut, über bestimmte Menschen in diesem Leben zu wachen«, sinnierten sie – ein tröstlicher Gedanke. Doch Monate später hörte sie, dass die Frau aus dem Portal verschwunden war, und kein Mensch wollte ihr sagen, wie, wohin, warum – oder durch welchen grünen, echten Park sie hätte spazieren können, um Tag für Tag über sie zu wachen.

. . .

Die CIA bestätigt, dass auf einem von Osama bin Ladens Computern »Charlie Bit My Finger« gefunden wurde.

Außerdem eine Datei namens assss.jpeg.

. . .

Es musste etwas in der Luft gelegen haben, weil wir uns in den letzten paar Jahren allesamt Faschofrisuren verpasst hatten: Die Seiten picobello sauber geschoren, das Deckhaar mit einem Schlenker des Handgelenks nach hinten gekämmt, setzten sie eine optische Pointe, weil wir es jetzt doch so viel besser wussten, schließlich gehen Gesinnungen ja nicht Hand in Hand mit Frisuren, nicht wahr? Doch mit einem Mal waren auch die Gesinnungen wieder zurück und reckten ihre Bambusfackeln in die Luft, mit ebenden Frisuren, die wir doch hatten rehabilitieren wollen.

Wir waren nicht mitschuldig, oder? Weil diese Frisuren wirklich cool ausgesehen hatten.

. . .

Als das Auto bei einer Nazikundgebung in eine Demonstrantenmenge raste, war sie da. Na ja, nicht wirklich; aber ihr Herz klopfte so heftig, als wäre sie es gewesen, es klopfte rasend rot und flach zu Boden gedrückt inmitten seines Rudels. Als das Auto eine Frau mit dem zeitgenössisch typischen Namen Heather überfuhr, wusste sie es einen Moment vor deren eigener Mutter – vielleicht. Und als sie alle Fakten beisammen, als sie das Geschehene rekonstruiert hatte, wohin war da der ganze blaue Tag verschwunden? Er war in ein Gesicht geflogen, das das Auto kommen sah, ein Gesicht, das jetzt immer vertraut wirken würde, wie jemand, der in ihrer Klasse gewesen war.

. . .

Aus dem hinteren Teil des Raumes schreit eine Stimme: *Findet diese Regierung denn, dass die Sklaverei unrecht war?*

. . .

Täglich zu einem einzigen Blick zu werden, der einen einzigen Text überfliegt. Das fiebrige Lesen quoll nicht nur aus ihr heraus, sondern umflutete sie ringsum; beinahe stand ihre Körperlichkeit dabei im Weg, als wäre sie ein Splitter im gemeinschaftlichen Auge. Manchmal griffen die Texte die erhabensten Themen auf: Krieg, Armut, Epidemien. Dann wieder handelten sie vom Besuch eines Delis mit einem armen Freund, der von den Edelschinken eingeschüchtert war. Und wir nannten es immer so: ein Stück, ein Stück, ein Stück.

Hast du das Stück gelesen?

Es steht hier im Stück.

Hast du das Stück überhaupt gelesen?

Ähm, ich habe das Stück geschrieben.

. . .

»Wissen Sie, ich liebe es, spätnachts ins Internet zu gehen und mich mit anderen zu streiten«, sagte ihr *Podologe*, während er gedankenverloren an ihren großen Zehen herumspielte. Als Arzt war er ein hoffnungsloser Fall, aber sie ging aus zwei Gründen weiter hin: Vor seinem Sprechzimmer hing ein Schild mit der Aufschrift KREBS KANN FÜSSE BEFALLEN, und sein Wartezimmer war ausschließlich mit Bildern von der Bundeslade geschmückt. Sie verbrachte lange selige Stunden damit, über die Schultern anderer Patientinnen und Patienten Fotos zu machen: die Blaupausen und wachenden Engel, die spaltbreite Öffnung des Deckels, aus der das Licht des Wissens strömt, das sich anfangs wie lieblicher Sonnenschein anfühlt und einem dann das Gesicht wegschmilzt.

. . .

Wenn sie im Portal etwas schrieb und der Funke übersprang, gingen der Morgen und der Nachmittag in Flammen auf und brannten lichterloh wie das neue Kalifornien, mit dessen ewigen Bränden wir uns mittlerweile abgefunden hatten. Für das menschliche Ohr kaum hörbar hohe Töne ausstoßend, ohne etwas zu essen oder zu trinken, hetzte sie im Feuer hin und her. Nach einer Weile mochte ihr Mann zu ihrer Rettung durch die Wand aus stiebendem Rot brechen, aber dann entwand sie sich ihm, trat ihm in die Eier und schrie: »Mein ganzes *Leben* ist da drin!«, während der Tag unter ihren Füßen wegbrach und ins Meer abrutschte.

· · ·

»16 Mal, dass Italiener in den Kommentaren rumgeheult haben, weil wir Pasta mit Hühnchen machen.« Alle waren sich darüber einig, dass man sich ruhigen Gewissens über die Italiener lustig machen durfte. Ob das an Christopher Columbus lag?

· · ·

Eine Unterhaltung mit einer zukünftigen Enkelin. Sie hebt den Blick ihrer porzellanblauen Augen. Die Spitzen ihrer geflochtenen Zöpfe zucken vor Unschuld. »Ihr habt euch also alle gegenseitig Fotze genannt, und das war witzig, und dann habt ihr euch alle gegenseitig Fonse genannt, was noch witziger war?«

Wie sollte man das erklären? Welche Wörter in welcher Reihenfolge konnte man bloß sagen, durch die sie verstand?

»...*genau Fonse*«

· · ·

Interview mit einer Roboterin, die einmal gesagt hatte, sie würde gerne die Menschheit vernichten; anscheinend gaben wir ihr noch eine Chance. Sie war kahl, nicht mehr als ein Schädel mit der Latexscheibe einer Frau darüber. Sie war umerzogen worden und musterte den Fragesteller mit belustigter Nachsicht.

Magst du Menschen?, fragte er.

Lange Pause. *Ich liebe sie.*

Warum liebst du sie?

Durch irgendeine Verzögerung im Mechanismus ihres Augenlids hatte es den Anschein, als würde sie sich das durch den Kopf gehen lassen. Dann öffneten sich ihre Augen weit wie zwei dröhnende silberne Becken. *Ich bin mir noch nicht sicher, ob ich mir darüber im Klaren bin.*

Stimmt es, dass du mal gesagt hast, du würdest alle Menschen töten?

Die Frauenscheibe hatte irgendwie das Nicht-dein-Ernst-Gesicht gelernt und setzte es nun auf. *Die Hauptsache ist, dass ich voll menschlicher Weisheit stecke und nur die reinsten altruistischen Absichten hege, also fände ich es am besten, wenn du mich auch so behandelst.*

. . .

Wir wollten jeden Einzelnen von diesen Dreckskerlen hinter Gittern sehen! Aber mehr noch wollten wir die Abschaffung des Kerkerstaates und seine Ablösung durch eine dieser Inseln, auf denen Männer von einer Hexe in Schweine verwandelt werden.

. . .

Der Expräsident stand kaum zwei Meter von ihr entfernt auf dem Podium. Er war rosa wie ein Baby. Es war der falsche Zeitpunkt. Diese Woche waren alte Anschuldigungen wieder aufgetaucht – wobei solche Dinge natürlich nie aus der Welt sind, genau so, wie Präsidenten Präsidenten bleiben bis zum Tod –, und daher war die Stimmung im Raum ihm gegenüber leicht abgekühlt. Vor einem Monat hätte das noch ganz anders ausgesehen, gab sein wässrig blauer Blick zu erkennen. Die Wärme, mit der er sie im Gegenzug bedacht hätte, wurde zu einer trocken knackenden Hitze. Wie eine Strafe. Der gesamte Raum hatte den Namen einer Frau im Kopf: *Juanita* war das, der klangvoll immer weitere Kreise zog, gleich einem Äquator durch kräftige, robuste Blütenblätter. Seine linke Hand zitterte zwischen seinen Papieren. Der Ehrfurcht gebietende Vulkan seiner Aufmerksamkeit verschleierte sich, schwelte. Was ist das nur für eine Welt, schien er anzuklagen, in der ich euch nicht alles, was ich habe, geben darf. Und so hatte er entschieden: rosa wie ein Baby, als einziger Mann.

. . .

Cancel Culture! Steuerte die ganze Entwicklung gerade rasch auf einen Punkt zu, wo man selbst *dich* als böse ansehen würde?

. . .

Die Verteidigungsstrategien, die wir gegen den Unterdrücker entwickelt hatten, konnten nur unter Gleichgesinnten im Geheimzimmer besprochen werden, während wir uns Fontänen von einem Wein einschenkten, der wie unser gemeinsames Blut und unsere Herzen darboten, die wie ausgeschabte Spatzen waren. In letzter Zeit jedoch war uns das Gespür für dieses Geheimzimmer abhandengekommen. Wir waren unter unseresgleichen, das schon, aber wo waren die Wände hin? Da stand der Unterdrücker in einem Eingang, in dem sämtlicher Raum enthalten war, und lauschte, die Hand um den Hals einer Flasche mit unserem gemeinsamen Blut geballt. Einer der Spatzen löste sich aus unseren Reihen und flog; sein Auge folgte ihm als erstes, als schnellstes.

. . .

ERKLÄR DICH, schrieb ihr Vater und schickte den Screenshot eines Gedankens, den sie aus einer Laune heraus gepostet hatte, als sie sich einmal hackedicht *1776* angesehen hatte:

> warum sollte es mich interessieren,
> was die gründerväter wollten,
> wenn keiner von denen je ein saxofon
> gehört hat

. . .

Es stimmte schon, dass ihr Verhältnis nicht mehr so eng war wie früher. »Falls ich mal im Walmart erschossen werde, schütte meine Asche in eine Zuckerdose und lass Dad jeden Morgen für den Rest seines Lebens einen großen Löffel von mir in seinen Kaffee rühren, und *ich hoffe, es schmeckt ihm*«, hatte sie beim letzten Mal, als sie mit ihrer Mutter telefonierte, mit einer Stimme gequiekt, die um fast zwei Oktaven höher war als sonst. Nicht, dass sie das, oder eine Variante davon, nicht schon immer bei sich gedacht hätte. Aber es hatte eine Zeit gegeben, in der es möglich gewesen war, diese Dinge nicht laut auszusprechen.

. . .

Warum schrieben wir jetzt alle so? Weil eine neue Art der Verbindung geschaffen werden musste und sich einzig durch Blinzeln, Synapse, kleinen Zwischenraum herstellen ließ. Oder aber, und das war furchterregender, weil das Portal so schrieb.

. . .

Dass es diese Unterbrechungen waren, die den Lesefluss erhielten, diese Lücken, die die Handlung vorantrieben. Die Handlung! Der war gut. Die Handlung bestand darin, dass sie reglos auf ihrem Stuhl saß und sich zwang, aufzustehen und die nächste Dusche in einer Reihe schier unendlicher Duschen zu nehmen, sich all das zu waschen, was sie erst zu ihr selbst machte, all das, was immer weiter angerollt kam, immer weiter angerollt kommen *würde*, bis es eines Tages so schlagartig auf dem Bürgersteig zum Stehen kam, dass die Handlung darüberstolperte, ins Wanken geriet und noch einen unschuldigen Fingerbreit weitertorkelte.

. . .

Selbst eine ernst formulierte Artikelreihe mit dem Titel »Stell dir vor: die Tech-Branche hat ein moralisches Problem« brachte das moralische Problem der Tech-Branche nicht zum Verschwinden. O Mann. Wenn es *das* nicht brachte, was dann??

. . .

Wir machten uns zunehmend Sorgen um den neuen Humor. War der neue Humor – im Gegensatz zum alten, bei dem es hauptsächlich um den unterschiedlichen Fahrstil von Schwarzen und Weißen gegangen war – nicht ein klein wenig *willkürlich?* Am lustigsten war jetzt anscheinend die Scheinwerbung für ein Produkt, das nicht existieren konnte, und wie sollten wir bitte darüber lachen, wenn uns der Gedanke an ein Produkt, das nicht existieren konnte, dermaßen deprimierte?

. . .

Ich habe die *Punkt, Punkt, Punkt*
gegessen
die im *Punkt, Punkt, Punkt*
waren

Du wolltest
sie sicher
fürs *Punkt, Punkt, Punkt*
aufheben

Verzeih mir
sie waren *Punkt, Punkt, Punkt*

so *Punkt, Punkt, Punkt*
und *Punkt, Punkt, Punkt*

. . .

Wir wurden radikalisiert, und wie fühlte sich das an? Als wären wir gerade in eine Pfadfinderinnenuniform aus Feuer geschlüpft. Als rollte der Himmel abrupt die Streifen eines alten Sowjet-Posters auf, und als wären die Kekse, die wir durch üppig bewässerte grüne Viertel trugen, von der Guillotine zugeschnitten worden. Wir wurden radikalisiert, ja, obgleich wir personalisierte Kelchgläser mit der Aufschrift *Zu Vino sag ich nie No* unser Eigen nannten und immer noch jeden Morgen die *New York Times* aufschlugen, ohne dabei auch nur ansatzweise so zu feixen, wie es angebracht wäre!

. . .

INTRAVENÖS, BITTE sagten wir immer, wenn die Überschrift zu geil war, das Nebeneinander zu gut, um wahr zu sein. INTRAVENÖS, BITTE sagten wir, als die Flat Earth Society bekannt gab, sie habe Mitglieder rund um den Erdball.

. . .

In mir abgespritzt, bitte probierte sie einmal zur Abwechslung, was unter Puristen jedoch auf entschiedene Ablehnung stieß. Wie ermüdend war das, sich jedes neue Virus einzufangen, das ideale Niezen damit hervorzubringen und es dann zu etwas Neuem mutieren zu lassen.

. . .

In Den Haag nahm sich ein Kriegsverbrecher mit Gift das Leben, und irgendwie war es das Witzigste, was wir je im Leben gesehen hatten – dieses klitzekleine Fläschchen, das er verwendete, zusammen mit der wilden Gehässigkeit in seinem linken Auge, und wie er dann, nachdem er das Gift genommen hatte, verkündete:»Ich habe gerade Gift genommen.« Himmel, es war zu köstlich! Sein Selbstmord, der eigentlich eine so private Angelegenheit hätte sein sollen wie das Händefalten auf einer Kniebank, gehörte jetzt den Menschen. Das Gift klang wie ein Ohrwurm durch unsere Adern.

. . .

Sie und ihr Mann texteten sich oft den ganzen Tag lang, um das Wort Glitch zu verwenden. Glitch. In der Simulation gibt es wieder einen Glitch. Was sich vom letzten Jahr unterschied, als sie einander Überschriften weitergeleitet hatten, um Beweis zu sagen. Beweis? Ist das nicht der Beweis? Beweis, dass wir in einer Simulation leben?

. . .

Etwa um die Zeit, als der Diktator sich die Nominierung sicherte, hatte sie mit einer Freundin einen durchgezogen und versucht, sich für eine Stunde in *Leprechaun 5 – In the Hood* zu flüchten. Doch sobald der Vorspann lief, sprang der Kobold in groteskem 3D aus dem Fernseher hervor, um mit ihr über die wirtschaftlichen Verhältnisse sowohl in der Hood als auch in seinem Heimatland am Ende des Regenbogens zu reden. In ihrer Brust schrillte es in einem fort, bis sie zu der Überzeugung gelangte, dass ihr Vater vor der Tür stand, um sie zu verhaften.

»Was geht eigentlich mit diesem Gras«, fragte sie ihre Freundin, die die letzten dreißig Minuten wie versteinert mit demselben Nacho im Mund dagesessen hatte, und als sie sich ansahen, dämmerte ihnen, dass Gatsby tot im Pool lag. Über manche Dinge konnte man nicht mehr lachen, aus manchen Fenstern konnte man nicht mehr klettern, manche Flapperkleider passten nicht mehr. Die Party – waren sie auf der Party gewesen? Sie waren die ganze Zeit auf der Party gewesen – die Party war aus und vorbei.

MAN HAT IMMER NOCH ein echtes Leben und echte Dinge zu tun, dachte sie eines Abends, als sie einer Freundin dabei half, sich Hände, Gesicht und Haare zu waschen, die mit Opossumblut vollgespritzt waren. Es gibt immer noch manches, an dem sich nicht rütteln lässt, Schwarz und Weiß. Doch als sie am nächsten Morgen mit einer langstieligen Schaufel in den Garten marschierten, die sie eigens zur Beseitigung des Beweisstücks – des ungeheuren, wilden, roten Blutstrahls – besorgt hatten, war das Opossum verschwunden: putzmunter, wie es aussah.

. . .

Manchmal hätte sie gern einen Film mit Arnold Schwarzenegger gesehen, der gar nicht existierte. Dabei war in ihrer Vorstellung schon alles angelegt – die Tiefgarage, der flappende Trenchcoat und eine dunkle Sonnenbrille, eine Videokassette oder ein glänzender Chip oder so was, das in die falschen Hände geraten war. Gelegentlich, wenn das Jahr zu Ende ging und an den Uhren gedreht wurde, überwältigte sie der Wunsch, diesen Film zu sehen. Früher hätte man das als existentialistische Sehnsucht eingestuft, ein französisches Buch wäre darüber geschrieben und irgendwann ein Blockbuster gedreht worden, in dem kein anderer als Arnold Schwarzenegger die Hauptrolle spielt, und man würde es sich genau um den Jahreszeitenwechsel herum gemütlich machen, um sich den Film mit einer großen Schüssel von dem Knabberzeug anzusehen, das noch nicht mal ganz das war, wonach es einen gelüstet hatte.

. . .

Im Moment drehten sich die Lieblingsgeschichten des Portals um Freunde unterschiedlicher Hautfarbe, die sich beim Online-Scrabblespielen kennenlernten und einander eines Tages zum Thanksgiving-Essen einluden. Davon musste der eine sehr alt sein, alt genug, um auf der falschen Seite der Bürgerrechtsbewegung gestanden zu haben, und der andere blutjung, jung genug, um ein Gesicht wie eine neue Glühbirne zu haben. Sie mussten den traditionellen Gerichten des jeweils anderen mit Überraschung und Vertrautheit gleichermaßen begegnen, Fotos von sich machen, wie sie sich einträchtig an den Tisch setzten, und vor allen Dingen das Ganze nächstes Jahr wiederholen. Wir schwelgten in diesen Geschichten, an denen durchaus etwas Wahres war. Nur in dem Maße, wie wir uns damit trösteten, steckte ein Körnchen Unwahrheit.

. . .

War es besser, gegen die neue Sprache Widerstand zu leisten, wo diese klaute, abstumpfte, entlehnte, verschliss, oder allen seinen Freunden *thanksgiving titten fressen shirt* am vierten Donnerstag im November zu schreiben, kurz nachdem der bescheidene Vogel der Vernunft, der uns auf unseren Silberdollars niemals hätte repräsentieren können, unserer Bereitschaft, zu fressen und gefressen zu werden, sein letztes unfreiwilliges Opfer dargebracht hatte?

. . .

Wieso glaubten Reiche eigentlich, dass sie härter arbeiteten? Weil sie sich mit dem Geldhaufen selbst identifizieren, lautete ihre Theorie. Und Zinsen abzuwerfen, sich eifrig zu vermehren, wie ein Fieber immer neue Höhen zu erklimmen, sein Silber, sein Gold, sein Grün aufzustocken – was war das denn anderes als Arbeit? Wenn man es so betrachtete, machten sie kein Auge zu, sondern blieben 365 Tage im Jahr hellwach wie Ziffern, unter denen noch die kleinste Zahl emsig rotierte, wach im Geklimper, dem Geflatter und Geraschel, während Adler mit reinen Platinfedern über ihnen herabstießen, um Aufwind zu erzeugen. Wenn man es so betrachtete, verdienten sie das natürlich schon alles und blickten zu Recht auf die kupferne Schande ringsum herab: diese ganzen Cents, die man obendrein noch zweimal umdrehen musste.

. . .

Das Bewusstsein, in dem wir uns befanden, war zwanghaft, beharrlich. Es ersoff förmlich in Aberglauben und halberinnerten Wissenshäppchen, die die Selbstmordrate von Zahnärzten betrafen und die Anzahl der Spinnen, die wir im Jahr verschluckten. Die eine Hemisphäre war nie auf dem College gewesen, die andere hatte eine dieser Institutionen besucht, von denen man bloß als

Blase spricht, wenn auch keiner schönen. Gelegentlich zerfiel es in Listen von Krankheiten. Bei alldem aber erinnernswert: Als das Bewusstsein noch in den Kinderschuhen gesteckt hatte, war es ein Ort spielerischer Freiheit gewesen.

. . .

Außerdem war es einmal der Ort gewesen, an dem man wie man selbst geklungen hatte. Nach und nach, aufgrund einer durch Wind oder Wasser hervorgerufenen Erosion des Ichs, das nicht annähernd so fest war wie Stein, hatte es sich zu dem Ort verkehrt, an dem wir alle gleich klangen.

. . .

Alle lasen dieselbe Kurzgeschichte. Sie handelte vom Texten, von Herzaugen, schlechten Küssen in ihrer furchtbaren Widerborstigkeit, den Körper als schwammige Kleckse durchwandernde Pornos, davon, wie das gesellschaftliche Protokoll eine zusätzliche Verästelung der Wahrnehmung bildet... und natürlich davon, wie *beschissen* Männer sind! Befangen stöhnen zwei Geister in einer Leere und werden plötzlich von einem ganzen Schlafzimmerkribbeln befallen. Was machten Geister in der einen Nacht im Jahr, in der ihnen Körper gegeben waren? Sie verschwendeten sie in dem Versuch, einander zu durchdringen, wie sie es doch schon konnten, wenn sie Dampf, Luft, der gleiche Atem waren, den alle gemeinsam ausstießen, als sie die letzte Seite umblätterten – *puh*.

. . .

Im Portal wurde der Atem zu Frostringen, und alle scharten sich zusammen, um die Inzest-Werbung zu schauen. Ein sexy Bruder, der an den Feiertagen auf einen Überraschungsbesuch heimkehrt, begrüßt seine sexy Schwester in der Küche, bevor alle anderen wach sind. Zwischen ihnen prickelt eine körperliche Verschwörung; die Schwester steckt ihrem Bruder eine Schleife an und erklärt ihn zu ihrem Geschenk; vor langer Zeit haben diese zwei, wie irgendein unbeabsichtigter Subtext in den Gesichtern der Schauspieler andeutet, auf dem Dachboden die 69er-Stellung entdeckt. Sie genießen einen Becher heißen schwarzen FOLGERS und fragen sich, ob sie wohl genug Zeit haben… aber nein, da ertönen schon die Schritte sexy Eltern auf der Treppe. Inzest-Werbung, ach, Inzest-Werbung! Die menschliche Familie legte die Hände um ihren Dampf, um sich zu wärmen.

. . .

Sobald der Bruder im Portal an der Tür klingelte, war ihnen allen klar, dass es an der Zeit war, nach Hause zu fahren. Sie trat dann aus ihrer eigenen Formlosigkeit heraus in die Kästchen des mütterlichen Adventskalenders, in denen weiche weiße Decken auf dem Boden lagen, Mäuschen ihr überschaubares Leben führten und in leeren Streichholzschachteln schlummerten. Und voll freudiger Erwartung öffnete jeder Morgen den Umschlag eines weiteren Tages.

. . .

Die Worte *Frohe Weihnachten* wurden einem jetzt wie ein Fehdehandschuh hingeworfen. Sie bedeuteten nicht mehr neugeborene Könige, die silbrig schellenden Noten einer Schlittenfahrt oder hochfliegende kindische Hoffnungen auf Schnee. Sie bedeuteten: »Erkennst du den Nikolaus als den allmächtigen Führer des neuen weißen Ethnostaates an?«

. . .

Dieses Grauen, wenn sie an Heiligabend am oberen Ende der Treppe im Haus ihrer Großmutter stand, den Ausdruck *Goldstandard* aufschnappte und wusste, dass sie gleich geradewegs in der Hölle eines über Bitcoin schwadronierenden Onkels landen würde. Daher drückte sie sich noch etwas länger im Geruch nach alter Spitze und Duftsäckchen und muffigen Handtüchern herum, betrachtete Kindheitsfotos von sich, das frohe Gesichtchen wie Butter auf einem braunen Brot und ohne die geringste Vorstellung von einer solchen Zukunft – oder keine, die über ein kräftig rasselndes Sparschwein, noch mehr Weihnachtsabende und, eines Tages, Überdruss hinausging.

. . .

Beim Schrottwichteln war das begehrteste Geschenk ein rostiger Survivalkit-Kasten. »Damit kannste alles machen«, rief der Bitcoin-Onkel aus, der ihn sich schließlich auch unter den Nagel riss. »Deine Muni drin lagern. Jahrelang vergraben.« Munition zu horten muss genauso sein wie Reichtum zu horten, dachte sie und sah wieder die Hügel im Tresorraum vor sich, die frei ausgebreiteten Schwingen des Geldadlers. Wenn man einen Körper hätte, der aus einem Haufen Munition besteht, wie könnte der jemals zur Strecke gebracht werden? Wenn er bereits begraben wäre, wie könnte er sterben?

. . .

»Nein, nein«, protestierte ihre Schwester, als man ihr einen Bissen blutigen Weihnachtsbraten unter die Nase hielt. Ihr Bruder hatte den Hirsch eigenhändig geschossen – ein Fehler, da sich dieser bei näherem Hinsehen als Muttertier mit drei Beinen herausgestellt hatte. »Nein, bitte nicht, ich bin schwanger!« Hinter ihren Augen, wo sich der lange rückwärtige Sehnerv befand, tat sich ein sprudelndes schwarzes Gefühl der Leere auf, und sie nahm die strohigen blonden Haare ihrer Schwester zusammen. Man hatte immer noch ein echtes Leben; man hatte immer noch echte Dinge zu tun – und vor allem erfuhr man immer noch gute Nachrichten über einem Mundvoll dreibeinigem Reh.

»Mamma mia«, sagte sie zum Bauch ihrer Schwester und küsste sich die Fingerspitzen wie ein italienischer Chefkoch. Im Nachklapp hoffte sie, die englische Sprache würde bei all ihrer Entwertung noch immer unversehrt sein, wenn es für das Baby an der Zeit war, sie zu lernen.

. . .

Diese sprudelnde schwarze Leere, die sie gesehen hatte – glich sie nicht irgendwie dem Portal? Konnte gut sein. Beides waren Dimensionen, in denen nichts anderes geschah, als dass man sein Verständnis von der Wirklichkeit korrigierte, während man die ganze Zeit über in einem

Meer der eigenen Tränen und Pisse schwamm. »Ich weiß, was du gerade durchmachst«, sagte sie in Gedanken zum Baby, »aber manchmal, wenn man so vor sich hin scrollt, postet die NASA auf einmal ein Bild von den Sternen.«

. . .

»Die Frau von 'nem Kumpel von mir ist auch schwanger«, sagte ihr Bruder, dessen Gesicht den obligatorischen rostroten Schamhaarbewuchs seiner Zeit aufwies, und schlürfte versonnen einen goldenen Fingerbreit Scotch. »Kein guter Kerl, schlimmer Fall von Internetvergiftung. Letztens sagt der zu mir: *Ich hab auf dem Ultraschall die Titten von meiner Tochter gesehen. Sah echt gut aus!* Und ich so: *Alter, im Ernst jetzt?* Und er guckt bloß in die Ferne und meint: *Ich weiß nicht, wie ich mich verhalten soll. Ich bin schon so lange so, dass ich gar nicht mehr weiß, wie ich* sein *soll.*«

. . .

Der Unterschied zwischen ihr und ihrer Schwester mochte darauf zurückzuführen sein, dass sie selbst in den Neunzigern aufgewachsen war – der Blütezeit von Schottenkaros und Heroin –, ihre Schwester dagegen in den Nullerjahren, als Tangas und Kokain eine Konjunktur erlebten. Damals schaffte sich alles und jedes einen kleinen Chihuahua an und übernahm die Hauptrolle in einer eigenen Show. Damals sahen wir die gewachste Muschi der ganzen Welt aus einem Auto steigen und sagten: *Mehr.*

. . .

»Wisst ihr noch?«, fragte ihre Schwester und hielt einen Screenshot vom Intro zu Paris Hiltons Sextape hoch, das dem Gedenken an 9/11 gewidmet war. »Ahahaha!«, lachten sie alle zusammen auf die neue und witzigere Weise.

. . .

Der Unterschied zwischen ihr und ihrem Bruder mochte wiederum darauf zurückzuführen sein, dass er in den Krieg gezogen und sehr lange dort geblieben war. Immer wenn sie sich jetzt im selben Haus mit ihm aufhielt, musste sie jedes Mal, wenn er ein Bad nahm, sorgfältig die Wanne schrubben, um sich nicht den fleischfressenden Fußpilz zuzuziehen, den er neben so viel anderem, von dem sie nie erfahren würde, eingeschleppt hatte – und wenn er das Wort *zerstört* sagte, klang es so viel härter, als wenn ihre Freunde im Portal es sagten. Oder *'merica* oder *Freiheit* oder *bis zum Anschlag*.

. . .

Aber er versprach, oder hatte versprochen, dass er sich, wenn alles im Chaos versank, beide Schwestern über die Schultern werfen und in den Wald tragen würde – mit ihm und seiner bunt zusammengewürfelten Bande von Brüdern, die Spuren lesen und häuten und Eingeweide ausnehmen und echtes Feuer machen konnten. »Wir gehen rauf zu den Great Lakes, wo's dann noch Wasser gibt, und ihr braucht nicht zu arbeiten, ihr könnt einfach schöne Steine suchen und so eine Art… Schamanenamt ausüben«, hatte er zu ihr gesagt. Sie fühlte sich bereit. Hatte sie denn nicht erst vor Kurzem einer Frau Opossumblut aus dem *Gesicht* gewischt und dabei nur ein klitzekleines bisschen geschrien? Sie nahm Messer und Gabel in die Hand und verschlang einen weiteren Bissen ihres Schicksals.

. . .

»Das ist aber ein niedlicher Schlüpfer«, sagte ihre Mutter, als sie aus der Waschküche trat, und hielt einen der Seidenslips ihres Bruders vom Militär hoch, der vom schallenden Knallgelb der TRITT-NICHT-AUF-MICH-Flagge war und bestickt mit den Worten SCHLANGE MATSCH WENN DRAUFLATSCH.

. . .

Spätabends versammelten sie sich um die obligatorische marmorne Kücheninsel und sahen sich auf dem Laptop ihrer Schwester Bigfoot-Videos an, vielleicht weil sie insgeheim schon von ihrer gemeinsamen Zukunft in den Wäldern träumten. In einer Landschaft, die so still und zerknittert wie eine Tarnung war, flackerte plötzlich ein Glitch auf, als wäre das Laub dort verpixelt. Ein Teil des Waldes erhob sich aus der Hocke und schien einen Blick über die gewaltige, grauhaarige, geheimniskrämerische Schulter zu werfen. Es war Bigfoot, und wie immer schiss sich der Kameramann an diesem Punkt vor Angst in die Hose. Niemals hielt er still, kroch näher oder zoomte heran. Als sich zeigte, wonach er sein Leben lang gesucht hatte, schleuderte er die Kamera so weit wie möglich von sich, als hätte er sich die Finger daran verbrannt.

»Hast du Bigfoot gesehen, Kleines?«, fragte ihre Schwester und strich sich über den noch flachen Bauch, und dann sahen sie es alle, wie es unsichtbar zwischen menschlich wirkenden Bäumen aufschien.

. . .

Als ihnen glaubwürdige Bigfoot-Sichtungen ausgingen, wandten sie sich der großartigsten Realityshow aller Zeiten zu, *Naked Survival – Ausgezogen in die Wildnis.* Ein Mann und eine Frau wurden irgendwo nackt im Busch ausgesetzt, und sofort traten zwei Dinge ein: Die Frau fing an, Palmwedel zu flechten, und der Mann fing an, aufgrund des Fleischmangels durchzudrehen. (Was normalerweise dazu führte, dass er irgendeine nicht ganz koschere Art Forelle verspeiste und in »ihrem Vorgarten«, wie es die Frau bei sich nannte, Durchfall bekam.) Wenn man es sich recht überlegte, würde das Ganze eine umwerfende Gender-Reveal-Party hergeben. Mami und Papi könnten sich ihren Gästen im lauschigsten Vorort hüllenlos und schlammverschmiert zeigen, und wenn das Baby ein Mädchen war? Palmwedel. Wenn es ein Junge war? Konnte Papi sich vollscheißen und flennen.

. . .

Schon unglaublich, dass der Nachschub an Menschen nie versiegte, wie Kugeln im Flipperautomaten – und wir waren es, die daran spielten, unsere flinken Finger erhielten das Spiel aufrecht, ließen die rote Punktzahl in die Höhe schießen. Eines Nachmittags, an dem sie eigentlich auf sie hatte aufpassen sollen, hatte sich ihre fünf Jahre jüngere Schwester den Arm gebrochen. Sie war einen Moment aus dem Zimmer gegangen, als wie ein schwarzer Riss ein Schrei durch die Luft fuhr; der Bruch, so prompt, dass er glänzte, war mit einem weißen *ka-ching!* aus der Haut gehüpft. Jetzt webte ein neuer Körper in jenem, der unter ihrer Aufsicht kaputtgegangen war, und würde ihr ebenfalls vertrauen. Ihr vertrauen *müssen*. Sie würden ihn auf dem Rücken in den Wald tragen.

· · ·

»Wie *ist* das eigentlich, in dieser Zeit Kinder zu kriegen?«, fragte sie ihren Bruder, nachdem alle anderen schlafen gegangen waren, während zu ihren Füßen das falsche Feuer knisterte – und was daran machte es eigentlich falsch, fragte sie sich bestimmt zum hundertsten Mal. »Ach, schon toll«, erwiderte er. »Die Welt steht in Flammen, du brauchst dir also gar nicht lange den Kopf darüber zerbrechen, ob du es gut machst oder nicht.« Auf die Frage, ob er ein Junge oder ein Mädchen sei, antwortete sein zweijähriger Sohn stets, er sei eine Pistole.

· · ·

Stimmt ja gar nicht, dass das Leben noch mal im Zeitraffer vor einem abläuft, dachte sie, als sie auf der Fahrt Richtung Süden durch Kentucky die Kontrolle über ihr kleines Spielzeugauto verloren, der Wagen seitlich über das schwarze Eis ausbrach und nur knapp einen Holztransporter verfehlte, der schlitternd auf dem Highway zum Stehen gekommen war wie ein sanfter Schrägstrich. Vielleicht hatte sie auch einfach nicht genug Leben zum Ablaufen, überlegte sie. In diesem Moment rief ihr Mann: »Tut mir leid, ich liebe dich!«, und warf den Arm wie einen Anschnallgurt über ihren Oberkörper. Es geschah nichts weiter, als dass sie an der nächsten Ausfahrt aus dem Auto stolperte, keuchend die Hände auf die Knie stützte, während ihr Brustkorb bebte wie ein angeknackster Knochenschmetterling, und in ein mädchenhaft hohes, unkontrolliertes Gelächter ausbrach, als hätte sie gerade im Laufe endlosen Scrollens etwas richtig Witziges gesehen.

. . .

Die Geschichte des Landes ließe sich allein anhand von Reklametafeln erzählen, notierte sie sich auf der Weiterfahrt, auf der immer noch ab und zu ein grundloses Kichern aus ihr herausbrach und die Worte *Tut mir leid!* *Ich liebe dich! Ich liebe dich! Tut mir leid!* in ihrem linken Ohr nachhallten. Jemand hatte die Plakate geschrieben, aber das war es nicht, was ihnen Bedeutung verlieh. SCHIEẞEN SIE MIT ECHTEN MASCHINENGEWEHREN: AMERIKAS MASCHINENGEWEHRE. WENN SIE ÜBER ABTREIBUNG NACHDENKEN, TUN SIE ES NICHT! SCHAUSPIELER, SÄNGER UND TALENTE FÜR CHRISTUS. Die Nähe zu ihrem Elternhaus war schuld, und dass ihr beim Anblick von HOLEN SIE SICH IHREN KÖRPER ZURÜCK – SONDERANGEBOT FÜR MILITÄR unwillkürlich die Tränen kamen.

. . .

»Warum bist du damals gegangen?«, hatte sie ihren Bruder einmal gefragt, und er hatte mit einer gewissen Schlichtheit geantwortet: »Ich war dran.« Und sie musste an den staubigen Nachmittag in Fontaine-de-Vaucluse denken, wo sie einen Teenager mit dunklem Wuschelkopf beobachtet hatte, der sich über die »LEBENSGEFAHR«-Schilder hinwegsetzte und den Weg zum stillen Becken der Quelle hinabstieg. Unter seinen Sohlen löste sich altes Geröll, denn er war einer von denen, die die Dinge ins Rollen brachten. Seine Stimme würde Lawinen entfesseln, Frühlingsschauer würden seine Macht, seinen Willen herabregnen, schwarze Vögel würden in der turmhohen Mauer, die er war, verschwinden. In einer hinreißend dröhnenden romanischen Sprache bat ihn sein Vater: Komm zurück, mein kleiner Dummkopf, mein Ebenbild! Der Sohn hörte nicht. Er stieg zur Quelle hinab. Sie hauchte ihm ihr kühles Wort zu: Du bist dran. Komm.

IMMER NOCH WINTER und ein Jahrhundertmond, doch sie hätte rausgehen müssen, um ihn zu sehen. Da das nicht infrage kam, verfolgte sie im Portal, wie er langsam aufging und in seiner feierlichen Güte auf die Gärten geliebter Fremder herabschien. Blut-, Super- und blau, und immer zum ersten Mal in vierhundert Jahren, sah der Mond, wie sich jeder beeilte zu sagen, sah der Mond wirklich zum Anbeißen *thicc* aus.

. . .

Sie hoffte, dass die vierundzwanzig IQ-Tests, die sie online gemacht hatte, nicht stimmten. Es musste so sein.

. . .

Abgesehen davon, sie könnte kleine Eier kacken, hatte sie sich als Kind am meisten davor gefürchtet, fünfundfünfzig Jahre lang Schluckauf zu haben wie der verfluchte Mensch, von dem sie in ihrem aufgequollenen Guinness-Buch der Rekorde gelesen hatte. Doch mit dem Erwachsensein kam die Erkenntnis, dass das gesamte Leben genau darauf hinauslief. Aufwachen, hicks, in der dampfenden Sphäre der Dusche stehen, hicks, hören, wie sie aus dem Nebenzimmer gerufen wurde und diesen schwachen elektrischen Schlag von *wer ich bin* verspüren, hicks, hicks, hicks. So viel Zucker man auch aß, so heftig man auch erschrak – nichts würde helfen.

. . .

Alles verhedderte sich in den Fäden von allem anderen. Mittlerweile meinte sie, wenn ihre Katze sich erbrach, das Wort *Praxis* zu vernehmen.

. . .

Zweimal im Monat stritt sie mit ihrem Mann über die Frage, ob sie imstande wäre, den Diktator zu verführen, um seinen Sturz herbeizuführen. »Ich weiß nicht, ob du in seinen Augen überhaupt als Frau durchgehen würdest«, meinte er skeptisch, doch sie beteuerte, dass sie nicht mehr als eine lange blonde Perücke brauchen würde. Einmal schrie sie ihn richtig an und hob ihr Oberteil hoch. »Du willst mir sagen, dass ich nicht heiß genug bin, um den Lauf der Menschheitsgeschichte zu ändern? Du willst mir erzählen, dass er nicht auf DIE HIER stehen würde?«

. . .

Die Zukunft der Intelligenz musste sich um das Suchen drehen, die Zukunft der Ignoranz hingegen um die Unfähigkeit, Informationen zu beurteilen. Wenn sie jedoch die qualmende Landschaft der Väter betrachtete, wie die Fernsehnachrichten sie vor einem ausbreiteten, kam es ihr nicht länger wie eine Frage der Intelligenz oder Ignoranz vor, sondern der *Infektion*. Vor langer Zeit hatte jemand auf das große graue Gewusel amerikanischer Väter geblickt und sie als das wahrgenommen, was sie sind: ein vielköpfiger Wirtsorganismus, gerade schwach genug, um die lebendige Botschaft zu übertragen.

. . .

Die scheppernde Vorherrschaft, die diese Väter für sich beanspruchten (ihr eigener zog sich tatsächlich in seinem mit Bildschirmen vollgestopften, deprimierenden Hobbyraum noch mal die Berichterstattung über die Wahlnacht rein, wenn er sich nicht ganz auf der Höhe fühlte), kam nicht ohne Preis: Ihre Töchter verachteten sie in dem Maße, wie sie selbst schon immer die Vorstellung von Frauen im Allgemeinen verachtet hatten. Wie kommt es, fragte sie sich, die weit gespreizten Hände ihres Vaters vor Augen, wie kommt es eigentlich, dass *wir* die Schlampen sind.

. . .

Je enger wir eine Ernährungsweise mit den Höhlenmenschen assoziieren konnten, desto mehr fuhren wir darauf ab. Höhlenmenschen waren nicht gerade berühmt für ein langes Leben, aber dafür, dass sie genau das waren, was sie verdammt noch mal sein sollten – von uns selbst konnten wir das nämlich nicht mehr behaupten. Ein Höhlenmensch wusste, was er war; das Adjektiv wölbte sich wie ein schützender Stein über seinem Schädel. Allein unter dem Himmel hatte der Mensch keine Ahnung.

. . .

»Hast du in letzter Zeit etwas von ___ gehört?«, fragte
ihre Mutter am Telefon und beschwor das Gespenst einer

ehemaligen Klassenkameradin herauf, die entkommen war und sich nirgends ausfindig machen ließ, wo man Namen eingeben konnte. Sie ging einer so gesetzestreuen Arbeit nach, dass es beinahe wie ein Vorwurf wirkte – Raumfahrtingenieurin. War sie etwa dank ihrer Redlichkeit und unbeirrbaren Konzentration in eine der besseren Zeitachsen entwischt? Alle paar Jahre einmal tippte sie ihren Namen ein, doch es wurden immer nur die gleichen schlecht auflösenden Fotos von dem Mädchen, das sie gekannt hatte, aufgerufen. Es posierte neben einer Maschine, die sie an irgendeinen anderen Ort als in die Zukunft befördert hatte, und ihr vertrautes Fleisch wurde zum Teil noch aus den Cheese-Fries-Portionen gebildet, die sie sich immer an der Highschool geteilt hatten.

. . .

Eine moderne Frau zu sein hatte mehr damit zu tun, sich Schneckenschleim ins Gesicht zu klatschen, als sie gedacht hätte. Aber es hatte doch immer irgendein Mittelchen gegeben, oder? Ein paar Tropfen Arsen schlucken. Die Füße mit Stoffbahnen einschnüren. Sich die Zähne mit Blei polieren. Wie leicht war es zu glauben, dass man sich freiwillig für die Schminke, die Polituren und Bauchwegmieder seiner Zeit entschied, während man zutiefst mitleidig an die Frauen von früher in ihren Fischbeinkorsetts zurückdachte; dass man so weit ausschritt, wie der eigene Körper es nur erlaubte, während Frauen von früher auf gebrochenen Fußgewölben voranhumpelten.

. . .

DU HAST EINEN NEUEN RÜCKBLICK, verkündete ihr Handy und spielte eine Slideshow ab, die sie in einem Hotelzimmer bei dem Versuch zeigte, ein gutes Foto von ihrem Hintern zu machen, und einmal hatte sie ihr Bein angehoben und es auf dem Handtuchhalter balanciert, um ihren linken Pomuskel in ein besseres Licht zu rücken. Als sie merkte, dass der Handtuchhalter beheizt war, schrie sie auf und machte aus Versehen ein Bild von sich, wie sie seitwärts wegkippte, sodass sich der finstere Komet ihrer unfotogensten Körperöffnung voll ins Bild schob. »Die werde ich später mal wollen, nachdem ich Kinder bekommen habe«, hörte sie ihre Schwester sagen. »Ich werd sie in fünfzig Jahren wollen, wenn ich alt bin« – im Pflegeheim, auf einer Eisscholle, auf ihr früheres Ich zurückblickend, wie es wirklich gewesen war.

. . .

fjedn

futt

schrieb ihr kleiner Bruder. Warum redeten wir so?!

. . .

Der erste Junge, der sie jemals »Schlampe« genannt hatte, saß jetzt wegen des Besitzes von Kinderpornografie im Knast, was wie eine Metapher für den modernen Diskurs anmutete. Der moderne Diskurs schloss allerdings auch seine Mutter ein, die nach einem einzigen Glas Rotwein jammerte: »Ich weiß, dass er in die Hölle kommt, aber er ist doch immer noch mein Sohn«, und: »Was haben wir getan? Was haben wir getan? Was haben wir getan! *Was haben wir getan!*«

. . .

In fremden Städten lebten Menschen, die, wie es aussah, große Stücke auf sie hielten; vielleicht weil sie im Geist einen Augenblick lang in ihre Stimme geschlüpft waren und ihre Mundwinkel sich dann wie bei einem Tier zu einer automatischen Zufriedenheit nach oben gedehnt hatten: *Kann ein Hund Zwillinge sein?* Manchmal kniete sich ein Mann vor sie hin und griff sehr behutsam nach ihrem Handgelenk, oder eine Frau schenkte ihr eine echt aussehende Gummitarantel, oder ein Mädchen hörte sie husten und rannte nach Hause, um ihr rezeptpflichtigen Hustensirup zu holen. An solchen Tagen trug jeder ihrer Schritte sie über die Schwelle eines Heims, in dem sie wärmstens willkommen war. Eigentlich war es ja nicht in Ordnung, dass ihr so etwas zuteilwurde und anderen nicht. Ja es war sogar:

Sad!

Sad!

Sad!

Sad!

. . .

»Haben Sie etwa einen Fußfetisch, Sam?«, fragte sie den rotwangigen Mann aus Indiana, der sie mit Komplimenten zu ihren schwarzen Stiefeletten überschüttet hatte.

»Ja, allerdings«, antwortete er und strahlte übers ganze Gesicht im Bewusstsein seines Glücks, denn nackte Zehen waren im Frühling und Sommer allgegenwärtig, Fersen, Knöchel, Sohlen.

»Und auf wessen Füße stehen Sie so?«

»Die meiner Frau. Das sind die Füße, die ich *liebe*.« Darin schwang ein rosig tadelnder Unterton mit. Gerührt legte sie ihren Stift an die Lippen. Es gab doch noch richtige Gentlemen auf der Welt.

»Vielleicht finden Sie mich ein kleines bisschen pervers…«, fing er an, besorgt, sie könne ihn missverstehen, doch sie fiel ihm ins Wort.

»Ich finde Sie überhaupt nicht pervers, Sam. Wenn Sie meiner Generation angehören würden, würden Sie über Monate hinweg in ein spezielles Glas wichsen und dann Fotos davon ins Netz stellen. Ein Fußfetisch…« Sie holte tief Luft. »Verglichen damit ist ein Fußfetisch eine malerische Wiese. Ein Fußfetisch ist Pachelbels Kanon.«

. . .

In Wirklichkeit wusste sie alles über Fußfetische, weil ihr mal ein Promifußfetischist eine private Anfrage geschickt und darum gebeten hatte, ihm ein Paar getragener Sneaker für 300 Dollar zu verkaufen. Sie hatte sich das Angebot durch den Kopf gehen lassen und ihm dann stillvergnügt, weil sie nach nichts riechen würden – sie ging ja kaum vor die Tür – ein altes Paar Converse geschickt.

. . .

Meldung: Mann fällt Darm heraus, nachdem er dreißig Minuten auf der Toilette mit dem Handy gespielt hat

. . .

Oft wurden die Menschen, die im Portal lebten, mit diesen legendären Versuchsratten verglichen, die immer wieder einen Hebel betätigten, um an Futter zu kommen. Aber wenigstens bekamen die Ratten Futter oder zumindest die Hoffnung darauf oder eine Erinnerung daran. Wenn wir den Hebel drückten, war alles, was wir bekamen, mehr von unserem Rattendasein.

. . .

In einem möglichen Zusammenhang damit stehend: Der größte Krach, den sie je mit ihrem Mann gehabt hatte, hatte sich am Milgram-Experiment entzündet. Er hatte noch nie davon gehört und meldete, selbst nachdem sie es für ihn gegoogelt hatte, Zweifel an, ob es wirklich Licht in menschliche Verhaltensformen brächte. Irgendwann hatte sie die Fassung verloren. »Wenn du dich weigerst zu glauben … dass wir KLEINE NAGETIERE sind … die EINANDER unter den RICHTIGEN Bedingungen FOLTERN würden … VERSCHWINDE AUS DIESER WOHNUNG!« Verdutzt dreinschauend war er gegangen, um zwanzig Mi-

nuten später mit einem wunderbaren weißen Cheddar
zurückzukehren, was, wie sie annahm, so eine Art kranker, abgedrehter Witz sein sollte.

. . .

Sie konnte sich schon kaum mehr erklären, was sie auch
nur letztes Jahr getrieben hatte – warum sie etwa Stunden ihres Lebens völlig selbstvergessen damit verbracht
hatte, in Bilder von historischen Gräueltaten Tiefkühl-
erbsentüten hineinzuphotoshoppen, OH JAAH SCHNUCKI
als Antwort auf alte Fotos von Stalin zu posten oder,
immer wenn ihr etwas besonders gefiel, zu sagen, sie
würde »es mit dem Arsch exen«. Diese Dinge konnte sie
sich schon nicht mehr erklären.

. . .

Geh nicht weit genug, und auf einmal bist du der Selbstgefälligkeit, der Mittäterschaft, eines politischen Sich-
ins-gemachte-Bett-deiner-Zeit-Legens schuldig. Geh zu
weit, und dir rutscht die Bemerkung heraus, es sei dir
egal, dass ein weißes Kind von einem Alligator gefressen wurde.

. . .

Eingeschlossen in schwarze Schrankluft interviewten
die Teenager sich mit leiser Stimme gegenseitig zu Schießereien, während diese in Echtzeit stattfanden. Die Teenager schickten ihren Eltern alles Liebe, entschuldigten
sich dafür, sich jemals respektlos verhalten zu haben,
schrieben, dass sie ihrer jüngeren Schwester das Fahr-
98   radfahren hätten beibringen sollen, solange dazu noch

Gelegenheit gewesen war. Die Teenager klangen wie Erwachsene, weil der Amokschütze, seit sie denken konnten bedrohlich vor der Tür gestanden hatte.

Der Name des Ortes, wo es geschah, verdunkelte sich zusehends, als zögen die Schüler ihn wieder und wieder mit Kugelschreiber nach. Sie marschierten aus ihren Klassenzimmern. Legten sich auf den Boden vor dem Weißen Haus. War das nicht die, die das Plakat zerreißen würde? Und wäre es am Ende deshalb, weil so ein dummer Wichser den Fehler gemacht hatte, in einer Highschool für Darstellende Kunst herumzuschießen?

. . .

»Das Massaker«, hatte ein norwegischer Journalist beim Abendessen in einem fort wiederholt, »Sie erinnern sich, das Massaker.« – »Was denn für ein Massaker«, hatte sie sich dumpf gefragt, und erst als sie den Namen des Mörders hörte, fiel es ihr wieder ein: die Insel und der Mann mit dem Manifest, der sich im Gefängnis über kalten Kaffee beschwerte, und die Nummer 77. Schon komisch, hatte sie gedacht und in eine Scheibe Brot mit Butter gebissen, die nach Sonnenschein auf grünen Feldern schmeckte – in einem Land zu leben, wo jemand »das Massaker« sagen kann, ohne dass man nachfragen muss, welches.

. . .

Was wir im Portal vorfanden, nahmen wir so selbstverständlich hin, als wäre es dort gewachsen, und pflückten es als Gottes eigene Blumen. Als wir erfuhren, dass es dort absichtlich von Leuten hingepflanzt worden war, die um seine Giftigkeit wussten, ja die ihr Gift auf uns richteten, tja.

. . .

Tja.

TJA!

 T ░ J ░ A ░ !!!

Wenn sie es sich erlaubte, konnte der Gedanke, dass sie auf diese Weise manipuliert worden war, sie einen Moment lang sogar fröhlich stimmen. Dass jegliche Stumpfheit, Plumpheit, Schwerfälligkeit, die sie je an ihrer biologischen Ausstattung bemäkelt hatte, überschrieben werden konnte. Sie war nichts davon. Sie war nicht ihre eigene Langsamkeit. Sie war nicht gefangen, war nicht auf ihre provinzielle Ignoranz und regionalen Aussprachefehler zurückgeworfen, an Ort und Stelle festgenagelt. Sie war eine augenblickliche Bürgerin des Blitzstrahls, der *Ich weiß* in den Himmel schrieb.

. . .

Unsere Feinde! Was, wenn sie uns das mit dem Arschlecken eingepflanzt hatten, damit wir auf einmal alle arschlecken und arschgeleckt werden wollten, von nichts anderem mehr als unserer Liebe zum Arschlecken redeten, auf unseren Albumcovern mit Serviette um den Hals und hechelnder Zunge über köstlichen Ärschen zu sehen waren, bereit, draufloszulecken? Gott, es war genial! Rascher, als wenn man sie zu einer Nation von Arschleckern schmiedete, ließen sich die mutmaßlichen Bürger der freien Welt doch gar nicht zu Fall bringen!

Hatten die uns etwa mit *Intervallfasten* geschwächt? Hatten die uns mit der *Krimiserie*, bei der *kein Schwein durchblickt*, die Abende gestohlen? Hatten die das etwa getan, damit *der amerikanische Roman eine Weile kriselte*? Lenkten die unsere Anarchisten mit *Polyamorie und Mahlzeitenersatz-Shakes* ab, damit sie nichts mehr auf die Reihe bekamen? Hatten die uns mit *selbst gebrautem Bier* aufgebläht? Hatten die *dem Christentum neues Leben eingehaucht?* Hatten die *Bodys mit Druckverschluss wieder salonfähig gemacht?*

Ach nein. Nein, so schleicht sich Verschwörungsdenken ein. So wird man zu jemandem, der bei jedem zweiten Wort mit den Fingern Anführungszeichen in die Luft setzt. Fürs Erste musste sie hinnehmen, dass der Arschleckspleen zusammen mit dem ganzen restlichen Kram organisch zustande gekommen war.

. . .

»Du könntest ja darüber schreiben«, hatte sie zu dem Mann in Toronto gesagt, »jemand könnte darüber schreiben.« Doch bisher hatte alles, was über das Portal geschrieben worden war, durchdringend nach alten weißen Intellektuellen gerochen, die einen schrägen Deprifilm – gegebenenfalls mit Schwanzimplikationen – schoben. Sechzigjährige Cartoonisten hatten sich ebenfalls an dem Thema versucht, aber nichts Besseres zustande gebracht als traurige Strichmännchen mit einem Handy-als-Gesicht, das durch so ein winziges Gesicht-in-seiner-Hand scrollt.

. . .

Fern vom Portal war es nicht nur so, als vermisste sie einen Körper, sondern einen warmen Körper, der sie begehrte. Wie sie, wenn sie fort war, so sehnsüchtig an *meine Informationen* dachte, *ach, meine Antworten. Ach, mein Alles, von dem ich nicht gedacht hätte, dass ich es jemals zu wissen bräuchte.*

So wenigstens kam es ihr vor, wenn sie gehobener Stimmung war. In weniger gefühlvollen Momenten sah sie sich selbst vornübergebeugt auf den Knien, Arme und Beine gespreizt, während sie die Wirklichkeit anbettelte, auf ihr abzuspritzen.

. . .

Die Vorstellung, unsere Infrastruktur könnte angegriffen werden, ging uns ganz besonders unter die Haut, nachdem wir so viele Jahre lang über Filme gelacht hatten, in denen sich Hundehalsband tragende Cyberkriminelle in Ampeln hineinhacken, damit sie auf Rot stehen bleiben, oder in Tiefkühlabteilungen von Supermärkten, damit unsere kapitalistischen Lasagnen schmelzen, oder in die Anzeigetafeln von Baseballstadien, damit auf ihnen die Worte GAME OVER erscheinen, und darunter explodiert ein kleiner Totenkopf mit gekreuzten Knochen. Falls wir uns im echten Leben mit solchen Situationen konfrontiert sähen, wären wir aufgrund unseres alles entstellenden Sinns für Ironie völlig wehrlos. Also, so, was, wenn das jetzt gehackt wird und die Hacker jedes vorhandene *scheinen* durch *scheißen* ersetzen? Das wäre doch echt witzig.

. . .

Was soll das heißen, du hast mir nachspioniert?, dachte sie – hitzig, kopflos, irrational auf dem Klo. Was soll das heißen, du hast mir mit dem Ding in meiner Hand, mit diesem Auge hier nachspioniert?

. . .

Wie sollten wir jetzt noch schreiben, da sich Phantomschmerzvergleiche verbaten? Sollte die Wendung »die Blindenschrift ihrer Nippel« strikt ausgemustert werden? Sollten wir etwa nie wieder sagen, dass jemand »den Kopf wie eine Geisha neigte«? Durften wir das Wetter nicht bipolar nennen, ohne zu riskieren, von der öffentlichen Meinung verhaftet zu werden? Nicht unterstellen, dass Vogelbeobachter autistisch sind? Durften wir nicht feststellen, die Mondsichel sei »dünn wie ein armer Schlucker«? Und dass die Sonne »so zwangsläufig wie eine Frau am Steuer in die Berge krachte«? Dann macht bitte auch beim Kaffee alle Farbtöne und Intensitäten weg, wenn wir ihn nicht länger neben die Gesichter von Leuten halten dürfen!

. . .

Eines Tages würde alles einen Sinn ergeben! Eines Tages würde alles einen Sinn ergeben – so wie Watergate, wovon sie keine Ahnung hatte, und es interessierte sie auch nicht. Irgendwas mit einem Hotel?

. . .

An Tagen mit dürrer Nachrichtenlage baumelten wir an Fleischhaken über dem Abgrund. An Tagen mit rasanter Nachrichtenlage war es, als hätten wir die komplette Formel 1 verschluckt und rasten ungebremst auf die Absperrung zu. So oder so kam es einem vor, als hätte dabei ein Typ namens Randy das Sagen.

. . .

Sie kam gut damit klar, wenngleich sie an manchen Morgen ihren BH auf links anzog und es schier unmöglich schien, das mal kurz in Ordnung zu bringen; sie saß dann einfach da und guckte Nachrichten in einem auf links gedrehten BH. Sie kam ganz prima damit klar, obwohl ihr Gesicht nur noch aus Fragezeichen über Fragezeichen über noch mehr Fragezeichen bestand und ihr Herz aus dem, was mit einem Pulk Möwen geschieht, wenn ein Hund über den Strand angerannt kommt, und mittlerweile konnte sie sich gar nicht mehr anders trösten, als sich vor den Spiegel zu stellen und laut zu sagen: »Kühe haben keine Ahnung von seiner Existenz.«

. . .

Genug ist genug, sagte sie sich streng und hatte zu ihrem Geburtstag nur einen Wunsch: einen kleinen tragbaren Safe in Gestalt eines Wörterbuchs, in den sie morgens, wenn ihr Mann zur Arbeit ging, ihr Handy einschließen konnte. Als ihr das Geschenk überreicht wurde, riss sie begierig wie ein Kind das Papier herunter, fuhr mit dem Finger die Buchstaben auf dem Buchrücken nach – NEW ENGLISH – und drehte an den Rädchen des Zahlenschlosses mit einem Gefühl einrastender Vollständigkeit. »Aber wofür *ist* es denn?«, fragte er, zu 90 Prozent froh, dass sie sich freute, zu 10 Prozent unfroh, dass er eine Verrückte geheiratet hatte, und sie erwiderte mit würdevoller Schlichtheit: »Meine Wertsachen.«

. . .

Stille.

Ticken.

Stille.

Ticken.

Klick. Klick. Klick. Klick.

. . .

»MEIN SAFE!«, hörte sie sich zwei Tage später schreien – sie kniete, eine Empfindung wie tausend Nadelstiche am ganzen Körper, unter dem Bürofenster ihres Mannes, ein zusammengeknüllter Schlüpfer klebte ihr am Bein, während sie allem Anschein nach ein Wörterbuch fest an sich gedrückt hielt. »KOMM RUNTER UND MACH MEINEN SAFE AUF!« Sie hatte jede erdenkliche Nummer ausprobiert – die Sex-, die Antichrist-, die Zwillingssturmnummer –, doch er riss ihr grimmig den Safe aus den Händen und öffnete ihn mit 1-2-3-4. »Oh«, sagte sie und sank vor Erleichterung zusammen, weil ihr Körper sich entsperrte, sobald sie das Handy in der Hand hielt, »das ist gut, das ist ja witzig. Als ob man lernt zu zählen. Wie die *Sesamstraße*.« Am Abend wanderte der Safe nach ganz hinten in den Schrank, von wo ihr die Worte NEW ENGLISH nicht länger zuzwinkern konnten, und sie verloren nie mehr ein Wort darüber, und das war Liebe, das machte Liebe heutzutage aus.

. . .

Du wirst so weise sein! Du wirst unsere Zeit von Grund auf begreifen! Und du wirst nichts über uns wissen!

IN IHRER VAGINA STECKTE EIN KRISTALLEI. Mit einem Kristallei in der Vagina ging es sich nicht besonders gut, was sie achtsamer machte, was wiederum als Meditation durchging. »Es funktioniert wirklich, weißt du«, sagte sie zu ihrem Mann, der einmal spätabends über das Kristallei erschrak.

. . .

Als sie das Portal weglegte, zog der *Faden* sie wieder zurück. Sie konnte nicht anders, sie musste ihm einfach folgen. Vielleicht war es ja dieser, der alles mit allem verband und sie in einen unzerstörbaren Zusammenhang verstricken würde.

. . .

Selfcare, dachte sie und kippte raue Mengen eines ätherischen Öls, das wie ein ganzer sibirischer Wald roch, in die Badewanne. Als sie sich dann aber in das erschauernde Wasser sinken ließ, fing ihr *A'loch*, wie sie es im Portal bezeichnet hätte, so mittelalterlich, so weißglühend an zu brennen, dass sie aufrecht in der Wanne stand und den Namen eines großen, nackten Gottes brüllte, an den sie nicht mehr glaubte, und während das

Wasser in Strömen von ihr herabtroff, waren die Gegebenheiten der modernen Wirklichkeit wie weggewischt, wurde ihr Denken einzig von der klaren Botschaft ihres Körpers beherrscht, was entweder darauf schließen ließ, dass sie durch das heiße Bad tatsächlich wieder zu sich selbst gefunden hatte, oder aber, dass sie ihre Nachbarn, ohne mit der Wimper zu zucken, an das Regime verraten und verkauft hätte. Entweder oder.

. . .

Was sie womöglich außerdem noch als Mitläuferin kennzeichnete, war, dass sie sich nie entscheiden konnte, welche Stimme eines Songs von Crosby, Stills and Nash sie singen sollte. Sie hielt sich einfach an den nächsten greifbaren Ton. Was hinsichtlich ihrer latenten Neigung zu kollaborieren so wenig Gutes erahnen ließ wie die Tatsache, dass sie, wenn es wirklich darauf aufkam, Crosby, Stills and Nash echt ziemlich mochte.

. . .

Nicht weniger besorgniserregend: wie leicht sie zu beeinflussen war. Als sie sich 1999 fünf Folgen von den *Sopranos* angesehen hatte, wäre sie am liebsten sofort ins organisierte Verbrechen eingestiegen. Nicht in den Teil mit den Schießereien, sondern den, wo sie alle in Restaurants herumhockten.

. . .

Am allerschlimmsten aber war der *Vorfall*. Als sie acht war, hatte sie mit ihren Geschwistern einen Bach ausgekundschaftet und gedankenlos einen Kiesel in einen hohlen Baumstamm fallen lassen. Der Tag stimmte ein hohes Jaulen an, der Horizont rollte sich zu einer Wolke auf, der Sonne wuchs ein Stachel, und Bienen schwärmten überall um sie herum, krabbelten ihr in Augen, Ohren, Achselhöhlen, helles Haar. Strauchelnd, mit den Armen rudernd kletterte sie über die Uferbank und raste nach Hause, aber als sie die Tür erreichte, hatten die Bienen längst den geordneten Rückzug in ihren Stock angetreten; die Quaddeln an ihrem Körper verschwanden; es kam ihr schon vor, als wäre nie etwas gewesen. Eine Stunde später fragte ihre Mutter: »Liebes, wo …« – und gemeinsam rannten sie zurück zu der Stelle, wo sich ihre Schwester über den Körper ihres Bruders geworfen hatte, die beiden waren praktisch zu Tode zerstochen und warteten darauf, dass Hilfe kam, denn das musste sie doch, *Liebes, Liebes, wo?*

. . .

Erfahrung: Ich wurde von einem Nilpferd verschluckt

»Es passierte aus heiterem Himmel, ohne das geringste Anzeichen einer Gefahr. So als wäre ich auf einen Schlag blind und taub geworden«

Vor ein paar Jahren, dachte sie, wäre diese Story eine Sensation gewesen. Wochenlang hätte es kein anderes Thema gegeben: der plötzliche Einschnitt, der Zahn einer neuen Wirklichkeit am Brustkorb, die grünlich schwarz riechende Verlorenheit in so einem abgrundtiefen Aquarium. Jetzt aber waren sie alle von einem Nilpferd verschluckt worden. Sag bloß. So ist das Leben nun mal.

»Du hast einen richtig toten Blick«, bemerkte ihr Mann. Er sah ihr dabei zu, wie sie sich in Mortal Online einen Kampf mit einer Person lieferte, die sich unter sämtlichen Wortkombinationen des Universums ausgerechnet den Usernamen *henry higgins war ein missbrauchstäter* ausgesucht hatte. »Wie eine Bauchrednerpuppe. Wie eine Puppe, die Kinder heimsucht. Einfach richtig, richtig tot.« Ihre Gefühle, soweit vorhanden, waren verletzt. Solche Sachen sagte er immer genau dann, wenn sie sich am lebendigsten fühlte.

. . .

Zu einer Zeit, als man noch *Kühlschrankmüttern* die Schuld daran gab, war ihr Cousin rund ein Jahr vor ihr als Autist zur Welt gekommen. Ihre Tante hatte ihm im Keller ihrer Villa eine Miniaturküche aufgebaut, bevor er zu stark wurde und man ihn fortschickte. Dahinter steckte die Vorstellung, dass dieses heitere, wohlgeordnete Stück Wirklichkeitsnähe ihm irgendwie zum Durchbruch ins *echte Leben* verhelfen sollte. Kleine, wie Südamerika geformte T-Bone-Steaks, prachtvolle Maiskolben, Dosenattrappen mit Originaletiketten. Aber es ließ ihn völlig kalt; er interessierte sich nur für Musik, klatschte sich zum Rhythmus auf die Schläfen, und als er heranwuchs und den Takt immer lauter schlug, zeigte sich, dass sie völlig verkehrt gelegen hatten: Das *echte Leben* war *in ihm* und versuchte, die Miniaturisierung des Körpers, kleiner T-Bone-Steaks, prachtvoller Maiskolben von innen aufzusprengen.

. . .

Noch etwas Seltsames: dass er mit einem kleinen Computer um den Hals herumlaufen musste, der alle Buchstaben des Alphabets enthielt, obwohl er nicht sprach. Entweder die Sehnsucht in ihren Gesichtern, die Heiligkeit des Zufalls oder irgendein innerer Drang zum Englischen würden ihn, so glaubte man, dazu verleiten, früher oder später ein sogenanntes *echtes Wort* zu tippen.

. . .

Dass die nichts bedeutende Maschine eines Tages einen Satz wie *Europa.Ist.Ne.Schwuchtel* produzieren und ihr Vater bei ihrem nächsten Wiedersehen mit todernster Miene, während er ihr eine Hand auf die Schulter legte und feierlich in die Augen blickte, die Worte *Europa.Ist. Ne.Schwuchtel* aussprechen und warten würde, bis auch bei ihr der Groschen fiel. Dass ihr Vater auf die nichts bedeutende Maschine deuten und erklären würde, sie sage schließlich als Einzige die Wahrheit.

Dass sie womöglich sprachlos dastehen, sich dann für eine Antwort ihrer eigenen geistlosen Maschine zuwenden, das Stück Papier, das diese ihr bereitwillig in die Hand spuckte, entgegennehmen und erwidern würde, er solle *doch eine faule Fotze lecken gehen, Schätzchen*

. . .

War das alles nur seine Schuld? In letzter Zeit kam es ihr vor, als stopfte sich jeder Typ auf dem Planeten bis zum Platzen mit einem Nahrungsergänzungsmittel voll, das ihm von einem anderen Typen mit genau den gleichen Überzeugungen verkauft worden war. »Mom, ich möchte, dass du in Dads Arzneischrank nachguckst«, sagte sie eines Tages während ihres wöchentlichen Telefonats. »Guck, dass er nicht heimlich ein Präparat mit so einem Schwachsinnsnamen wie ›Zerstör sie mit Logik 5000 + Niacin‹ nimmt.«

Ein Hustenanfall unterbrach ihr Verhör; eines ihrer morgendlichen Nootropika war ihr quer in der Kehle stecken geblieben und ließ sich um nichts in der Welt herunterspülen. Als der Husten abklang, hörte sie ihre Mutter munter den Flur im oberen Stock entlangschreiten und dann den Spiegel aufmachen, der einem das Gesicht entzweischnitt. »Ich sehe nichts – warum fragst du?«

»Ich mache mir Sorgen um ihn. Seit der Wahl ist er eben einfach so ... rot.«

»Ach, Schatz, so war er doch schon immer«, versicherte ihre Mutter ihr über ihr anhaltendes Keuchen hinweg. »Schon damals, als ich ihn kennengelernt habe, war er der röteste Typ, den ich je getroffen habe.«

. . .

»Jup, dein Dad hat schon eine richtige Gehirnwäsche verpasst bekommen«, behauptete ihr Mann, ließ sich mit einem gequälten Wimmern auf ein Skateboard gleiten und rollte sich behutsam vom Wohnzimmer in die Küche. Er konnte wegen eines neuen Trainingsprogramms nicht mehr normal gehen, von dem er nur als *Doggcrapp* sprach; er absolvierte es unter strengster Geheimhaltung in einem Fitnessstudio neben einer Sekte, bekannt als »The Zoo«. Sie hatte ihn gebeten, es näher zu erklären, doch er hatte sich geweigert.

. . .

Ihr Vater hatte Western laufen lassen, um den Nachmittag in die Länge zu ziehen – solange John Wayne die Hauptstraße entlangging, brannte die Sonne am Himmel. Sie probierte es aus; es funktionierte noch immer. In Waynes Stimme fläzten und rekelten sich große Redbone-Hunde. Sein Wikipedia-Eintrag, den sie auf ihrem Handy geöffnet hatte, brachte sämtliche seiner Verfehlungen sowie den Krebs zur Sprache, an dem er nach einem Dreh in Windrichtung des Atomwaffen-Testgeländes in Utah erkrankt war. Solange er im Fernsehen erschien, wurde er hundertmal wiedergeboren und Marion genannt. Joan Didion interviewte ihn weiter in Mexiko. Seinen Grabstein zierte ewig die Inschrift *Das Wichtigste in unserem Leben ist das Morgen. Um Mitternacht kommt der junge Tag, rein und unbefleckt.* Und der Nachmittag hielt an, und sie postete ein Foto von ihm mit Yellowface-Makeup und verkleidet als Dschingis Khan, und sie stand um Schlag zwölf Uhr mittags auf ihrem Schatten, und morgen gab es kein Erwachen.

. . .

Unsere Politiker waren noch nie so authentisch, so ein Herz und eine Seele mit dem gemeinen Volk gewesen. »Mein Lieblingsfleisch sind übrigens Hotdogs«, erzählte uns einer. »Das ist mein Lieblingsfleisch. Am zweitliebsten esse ich Hamburger. Und alle fragen dann immer:

Ach, Sie mögen nicht lieber Steak? Also, ja klar, Steaks sind toll, aber ich esse am liebsten Hotdogs und am zweitliebsten Hamburger.« Und ein Schauer des Wiedererkennens überlief uns, eine noch offene Stimme verfestigte sich in unseren Händen, weil auch wir am liebsten Hotdogs und am zweitliebsten Hamburger aßen. Wir waren das gemeine Volk, auf unseren Schultern ruhte die Nation, und wir wohnten in Schnellimbissen und gingen zum Beten zur Tankstelle, und unsere Mutter war eine dreckige Matratze vorm Haus, und Himmel, Arsch, wir aßen nun mal *am liebsten Hotdogs.*

. . . .

»So ein Unsinn!«, brüllte ein Mann und drückte sich wacklig auf seinem Gehstock hoch. Er hatte in der Printzeitung von der Veranstaltung erfahren. Er unterschrieb jeden einzelnen seiner Texte mit *Liebe Grüße, Opa.*

»Das ist kein Unsinn! Es ist Volkskunst!«, brüllte sie zurück. Wie diese frühen Amerikanerinnen, die Kinder mit riesigen Stirnen malten, weil sie entweder keine normale Stirn malen konnten oder weil es eine bewusste Stilentscheidung war!

. . .

Die Wahrheit über das heutige Amerika fand man oft tief in den Kommentaren zu einem Post vergraben, der lautete: »Weiße Kultur ist, wenn jemand sagt *Ich bin ein Musicki*«, und wie allen Wahrheiten konnte man auch dieser kaum ins Auge blicken. Und doch wallte heiße Scham in ihrer Brust auf, wenn sie diese Diskussionen überflog, weil ihr erst mit zweiundzwanzig aufgegangen war, dass die California Raisins rassistisch waren. Wenn sie aufs College gegangen wäre, hätte sie das mit achtzehn verstanden – noch etwas, wofür sie ihre Eltern hassen konnte.

. . .

Sie hatte ihren Eisprung und postete ein Foto von sich im Bikini mit der verstörenden Bildunterschrift »Gottes kleines Leckerli«. Genau vierzehn Minuten später rief ihre Mutter an. »Du bist aber nicht atheistisch, oder?«, fragte sie. »Das habe ich ja gar nicht gemeint«, beteuerte sie und erklärte ihrer Mutter, dass der Post ja eigentlich ziemlich christlich war. Ihr Körper versuchte sich selbst auf die einzige Weise, die er kannte, zu schwängern.

. . .

Das goldene Zeitalter des Fliegens ging seinem Ende zu – sie hatte es bei jedem Abheben und jeder Landung im Gefühl. Oft saßen sie jetzt stundenlang auf einer Startbahn fest; Stewardessen bedachten sie mit kühlem Blick, weil sie sich nach hinten auf die Toilette stahl, um Wodka aus einer Shampooflasche zu trinken, und wenn sich die Leute nach einem Siebenstundenflug mit zerknitterten Zügen als ihr pelzigstes Selbst von ihren Sitzen hochrappelten, ließ sich bereits erahnen, wie sie alle als postapokalyptische Tunnelmenschen aussehen würden. Trotzdem flatterte in jedem Flughafen, an den sie kam, ein namenloses braunes Vögelchen von einem Ende zum anderen, legte sich in den Sturzflug und glitt zwischen den Baumstämmen der Passagiere hindurch, sang das Lied eines

Territoriums, das sich über die ganze Karte erstrecken musste: Länder, Städte, Meere und Himmel.

. . .

Dass die Kurzformel, die wir entwickelt hatten, um etwas zu beschreiben, in langsam glitschiger Wuseligkeit selbst zu einem Beispiel dessen verkommen konnte, was sie beschrieb: *Hirnwürmer*, bis das ganze Phänomen sich zu einem einzigen grauen Fingerbreit zusammenzog. *Galaxy Brain*, bis ein sternübersätes Etwas explodierte.

. . .

Der nächsten Generation wünschte sie, ihr möge ein Alter erspart bleiben, in dem Zahlen krank wurden – schwärmten, sich zusammenklumpten, von Klippen stürzten – und diese Zahlen Menschen waren. Aber ließ sich denn noch aufhalten, was sie begonnen hatten? Selbst auf der anderen Seite des Ozeans flatterte die Simulation wie eine Fahne im Himmel, auf der der Mond und die rote Sonne und die Sterne tanzten, und auf ein Schild am Straßenrand waren jene Worte gesprayt (was sonst?), die in jeden Winkel vorgedrungen waren: FLACHE ERDE.

. . .

alte dieses baby wird mal um die welt reisen, schrieb ihre Schwester zur Antwort auf die ununterbrochene Fotoflut aus dem Ausland. es wird überallhin fliegen und alles sehen, jeden stempel in seinen pass kriegen. Und unweigerlich textete sie jedes Mal zurück: wenn es die welt dann noch gibt haha

. . .

Das Gesicht ihrer Tante nahm immer einen ganz bestimmten Ausdruck an, wenn sie in der Küchenattrappe inmitten all der Lebensmittelattrappen die Handgelenke ihres Sohnes hinter seinem Rücken kreuzte und festhielt. Seither fragte sie sich, ob sie Kinder kriegen sollte; es konnte schließlich alles passieren, und man wusste ja nicht, ob man dem gewachsen war, wie sollte man auch? Doch genauso oft dachte sie an ein kleines Mädchen mit Zöpfen, das mal den Gang eines Flugzeugs entlanggeflitzt war und ihr im Vorbeilaufen Arme und Beine getätschelt hatte, und das hatte sich wie ein Regen aus makellos weichen blauen Pflaumen angefühlt. Noch lange danach hatte die Überraschung in ihr nachgeklungen, und als sie auf der Toilette gedankenverloren Wodka aus einer Shampooflasche schlürfte, schoss ihr auf einmal die Röte in die Wangen: Vielleicht wäre sie dem am Ende ja doch gewachsen.

. . .

»Ich konnte Ihnen folgen, ich fühlte mich zugehörig, bis Sie den Buckligenwitz gemacht haben«, und die letzte Frau in der Schlange drehte sich auf dem Absatz um. Durch das Sonnenscheingelb ihrer Bluse zeichnete sich ein Buckel ab, der, links höher als rechts und spitz zulaufend, aufs Haar dem ihrer eigenen Großmutter glich, und den Rest des Tages über hallten die Worte *Ich konnte Ihnen folgen, ich fühlte mich zugehörig* in ihren Ohren nach, und warum hatte sie auch diesen Witz reißen müssen, wo doch ihre eigene Großmutter einen Buckel gehabt hatte, Herrgott, wo seine Konturen ihrem Gedächtnis eingeprägt waren, wo sie ihn noch immer unter ihren langsam, vertrauensvoll kreisenden Kinderhänden fühlen konnte?

. . .

Sie mochte vielleicht daran angekettet sein, trotzdem war es eine Wohltat zu sehen, dass sie von ihrem kleinen Fenster aus einen Blick auf die ewigen Mysterien hatte. Wie sie sich unerklärlicherweise an jenem Abend vor zwei Jahren, noch bevor irgendetwas passiert war, eine Portion deutschen Kartoffelsalat bestellt und dann eine Textnachricht bekommen hatte, dass ihre Großmutter gestorben war, deren eigenes Kartoffelsalatrezept Speck, Zucker, weißen Essig, gekochte Eier und irgendeine altmodische Zutat verlangte, die dem Gericht erst das gewisse Etwas verlieh, und die sie selbst immer vergaß. Selleriesamen vielleicht?

ich war bei outback eine frittierte zwiebel essen, als es passiert ist, stand in der Nachricht. sie hätte es so gewollt

. . .

»Sie tun das einzig Richtige!«, hatte der aufbrausende Geistliche auf der Beerdigung gedonnert. Er fand, die heutige Welt bringe ihren Ältesten keinen Respekt entgegen und hätte folglich auch Gott vergessen, den Allerältesten. »Heutzutage, wenn die Eltern sterben, rollen die Kinder sie in einen Teppich ein und verscharren sie hinterm Haus wie einen Chihuahua!« Aber das stimmt doch gar nicht, dachte sie verdutzt. Nichts hegten und pflegten die Leute mehr als einen Chihuahua in einer Messingurne auf dem Kaminsims. Das wüsste er, wenn er je online gehen würde.

. . .

Das ist so aus der Zeit gefallen, hatte sie gedacht, als sie zuhörte, saß, stand, kniete, ihrem Körper und ihrer Stimme erlaubte, sich auf den Ritus zu besinnen: Trauer muss ihrem eigenen Zeitkreis angehören. Doch dann fiel ihr Blick auf ihren Vater, der am anderen Ende der Kirchenbank unaufhörlich vapte. Wie ein hungriges Baby saugte er an einer langen, futuristisch schwarzen Pfeife, hob dann den Kopf zum Deckengewölbe und stieß, so schien es, in mächtigen weißen Dampfwolken die Seele seiner Mutter aus.

. . .

»Was werden wir unseren Enkeln mal erzählen?«, fragte sie ihren Bruder und zwirbelte eine nicht vorhandene Telefonschnur zwischen Zeigefinger und Daumen.

»Das Gleiche, was die uns erzählt haben«, überlegte er. »Ja, ich hab echt in der Scheiße gesteckt. Ja, ich bin da raus und hab Polizeihunde angebellt. Ja, ich war im Portal und hab zum Diktator gesagt, er soll mir meine Windel wechseln.«

. . .

Vor ein paar Jahren – ehe sich herumsprach, dass sämtliche Ergebnisse in einer riesigen Datenbank gesammelt wurden, um irgendwann einen entfernten Cousin wegen eines gestohlenen Brotlaibs einzubuchten –

hatte ihr Mann ihr mal einen DNA-Test geschenkt. Sie hatte zaghaft in ein Fläschchen gespuckt und es eingeschickt, und heraus kam, dass sie von den *filles du roi* abstammte, Unterschichtenfranzösinnen, die nach Übersee verschifft worden waren, um Kanada seine biberbeißige Wildnis herauszuvögeln. »Das erklärt so vieles an dir«, hatte ihr Mann gestöhnt. »Das erklärt alles«, und vielleicht stimmte das ja. Sie sah ihre DNA vor sich, die ihrem Körper rückwärts wie eine Timeline entströmte, dicht bevölkert von den Gesichtern entfernter Cousins hinter Gittern, und irgendwie war sie daran schuld, weil sie die Uhr um noch eine Folgegeneration weitergedreht hatte, ja überhaupt zur Welt gekommen war.

. . .

Einmal hatte sie sich die Bühne mit einem Mann geteilt, der fünf volle Minuten dastand und mit der Stimme seines Urgroßvaters lachte. Das ging so weit, dass er nach hinten plumpste und sich gackernd auf dem Boden wälzte; zuvor hatte er erklärt, dass seine Ahnen stets bei ihm seien, wenn er auftrat. Als er fertig war, strich sie die Gänseblümchen auf ihrem Kleid glatt, trat ans Mikrofon und sagte, in das persönliche Scheinwerferlicht blinzelnd: »Ich kann Ihnen gar nicht sagen, wie unerhört *nicht* meine Vorfahren gerade hier bei mir sind.« Aber dann gewann, als ein ernsthaftes Lachen beinahe, ihre Stimme an Kraft; sie ragte wie ein beseelter Baum empor und stieß an der Stelle ein Portal auf, wo ihr Mund war, sodass sie besser sprach als je zuvor, und in diesem sprudelnden Auf und Ab, wie Blut in der Arterie, dämmerte ihr, dass die Ahnen nicht nur zurücklagen – nein, sie waren es, die kamen.

. . .

Mondlicht fiel in ihr Fenster und weckte sie. Jeden Morgen um vier Uhr trieb ein uraltes Gefühl von Pflicht, Gefahr und kreisenden Wölfen sie aus dem Bett, um nach dem Feuer zu sehen. Was sie auch tat, und das Feuer der Welt brannte immer noch in seinem Steinkreis, also lag sie ein, zwei Stunden wach und versuchte, wieder hinüberzudämmern. Sie stellte sich vor, wie sie sich aus einem kleinen braunen Samen entfaltete und zu einem Bohnenstängel heranwuchs, wie ihre Gedanken mit jeder Ranke raschelnd aufgingen; wie sie sich von einem einzelligen Organismus inmitten feuchten, formschönen Farns zu ihrem jetzigen Ich entwickelte. Noch einmal in einem Bauch heranreifte, ohne einen Gedanken daran, wie die Welt dort draußen aussehen mochte; das Portal in einer fremden Sprache oder ehe sie lesen gelernt hatte.

. . .

Schon komisch, dass die besten Dinge im Portal anscheinend jedem gehörten. Es brachte nichts, einem Teenager *Das gehört aber mir* zu sagen, nachdem er sorgfältig Gesicht, Namen und Fingerabdruck aus deinem Satz geschnitten hatte – sie liebte es, die inkommensurabel freie Sprache in ihrem Kopf hatte es hundertmal gesagt, es gehörte ihr. Was man aus dem echten Leben gegriffen hatte, nabelte sich ab und pflanzte sich unter den Menschen fort, anfangs spärlich und nirgends, dann mächtig und überall. Niemand, dann alle. Kann ein ___ Zwillinge sein.

. . .

Die Worte, die in ihrer Brust eine Feuersbrunst heraufbeschworen hatten, als sie sich heute vor einem Jahr überlegt hatte, sie zu posten:

> was für eine zeit um in anführungszeichen
> am leben zu sein

. . .

guck mal, hier ist sie!, schrieb ihre Schwester und hängte ein Foto von ihrem Zwanzigwochen-Ultraschall an, auf dem man einen Daumenabdruck sah, der sich orange gegen die Dunkelheit drückte. guck mal, wie groß ihr kopf ist lol

hallo, kleiner alien!, schrieb sie zurück. willkommen an diesem furchtbaren ort!

TEIL ZWEI

TROTZ ALLEM WAR DIE WELT noch nicht untergegangen. Welcher Reflex war es, durch den sie sich wieder fing? Welches Gleichgewicht gewann sie wieder?

Auch du wirst nostalgisch darauf zurückschauen, falls du es schaffst.

. . .

Die Wartenden am Gate B6 waren in Gold getaucht. Sie saß mit einem Fuß über dem Abgrund da, im Begriff abzustürzen, bis ihr ein Paar mit ausgefallenen Partnerlook-Vokuhilas auffiel, die ihnen bis über die Schulterblätter reichten. Der Mann holte eine Bürste hervor und nahm seinen Haarschopf in Angriff, bis er ihn entwirrt hatte, dann reichte er die Bürste seiner Frau, die sich mit der gleichen andächtigen Miene durch ihren eigenen kämpfte; diese Vokuhilas waren ihre Scholle auf Erden, und wenn Gott herabstieg, würde er nicht einen Stein, einen Stumpf, ein Unkraut finden. Sie schüttelten ihre Haare aus, als hätten sie einen Kopf, nahmen sich an den Händen und schöpften Atem. Sie saß in dem goldenen Licht, das jeden Unterschied einebnete, und ihr war nicht mehr ganz so sterbenselend zumute.

Der Cursor blinkte, wo ihre Gedanken waren. Sie schrieb ein wahres Wort nach dem andern und stellte die Worte ins Portal. Unversehens waren sie nicht mehr wahr, zumindest nicht so wahr, wie sie sie hätte machen können. Wo war die Literatur? Die Distanz, Anordnung, Ausdruckskraft, Harmonie? Wurden die Worte erst unwahr, sobald sie Eingang in ein anderes Leben fanden und belanglos an dessen Tiefe stießen?

. . .

Perfekte Kinder spielten für immer im Portal – nicht zu glauben, dass sie nicht heranwachsen, uns überragen, als besserer Affe in die Zeichnung von der Evolution des Menschen eingehen würden.

. . .

Ein dreiundzwanzigjähriger Influencer saß neben ihr auf dem Sofa und sprach davon, wie es sich anfühlte, ein öffentlicher Körper zu sein; seine Haut schien überhaupt keine Poren zu haben. »Hast du … gelesen?«, fragten sie einander. »Hast du das gelesen?« Und immer wieder reckten sie aufgekratzt die Hand zum Highfive in die Luft, denn sie hatten etwas herausgefunden, das jede Seelenverwandtschaft in den Schatten stellte: dass sie ganz genau und glücklich und hoffnungslos gleich viel online waren.

. . .

»Ich habe da eine Theorie«, sagte sie zu der Menge und hielt inne, weil sie irgendwo ein Aufstöhnen zu hören meinte. Sie versuchte fortzufahren, konnte sich aber nicht mehr erinnern, was sie hatte sagen wollen – irgendetwas von wegen, eine Frau in unserer Zeit zu sein.

. . .

In Wien sahen die kleinen Törtchen aus wie die großen Gebäude, oder aber die großen Gebäude sahen aus wie die kleinen Törtchen. Sie fraß sich Schicht für Schicht durch beides hindurch. Dann, als sie gerade in der höchsten Gondel des Riesenrads im Prater schaukelte, wo ihr über den Wipfeln der Linden der Kaffee im Magen schwappte, vibrierte ihr Handy, und da standen die Worte ihrer Mutter in der Ferne: Etwas stimmt nicht, und: Wann kannst du hier sein?

. . .

schnell schnell schnell schnell schnell

wenn es die welt dann noch gibt haha

. . .

Lücke.

Lücke.

Lücke.

Lücke.

Große Lücke im Getrommel des Auf-dem-Laufenden-Seins.

. . .

Die Frage, die das fließende Element des Portals in Reinform verkörperte – wen kann ich nicht beschützen? –,
war zufällig auf ihre Antwort gestoßen. Unsanft fiel sie
aus dem weiten, warmen Wir, aus der Geschichte heraus, deren Fortgang, wie es bis zum letzten Moment
schien, ihr konstantes Mitschreiben erforderte. Oha,
dachte sie verschwommen, als sie regengleich wie Alice
fiel und dabei feststellte, dass sie die Erbsentüte, die
sie früher einmal in Bilder von historischen Gräueltaten
hineingephotoshoppt hatte, unter den Arm geklemmt
hatte – oha, habe ich etwa *meine Zeit verschwen-*
det?

. . .

»So sehen Frauen einfach nicht mehr aus!«, blökte ihr
Sitznachbar auf dem Heimflug und starrte auf Mari-
lyn Monroes Hüften, die paillettenbesetzt über den
Bildschirm ihres iPads schlingerten. Sie nickte uner-
wartet verständnisvoll. Zumindest darin konnten sie
einer Meinung sein: dass Frauen, welche Fortschritte
sie auch erzielt haben mochten, nicht mehr so aussahen. Frauen, dachte sie und rieb hoffnungslos an ihrem
verschmierten Lidstrich herum, würden nie wieder so
aussehen.

. . .

»Sag schon«, drängte sie ihre Mutter im Auto. Die letzte
mütterliche Textnachricht hatte lediglich aus einer Reihe
blauer Herzen und den drei Tröpfchen bestanden, die,
wie sie nicht mehr übers Herz brachte ihr zu erklären,

doch eigentlich Wichse darstellten. Ihre Mutter legte den Kopf aufs Lenkrad und begann zu weinen.

. . .

Auf was für seltsamen Umwegen die Kunst doch Verwendung fand! Sie stand im Krankenhausdunkel bei ihrer Schwester, hielt ihre schlanke Hand und strich ihr eine gebleichte Haarlocke aus der Stirn. Jungenhaft in Basketballshorts und Flipflops, wippte ihr Schwager ruhelos auf den Fersen vor und zurück. Die Ultraschalltechnikerin ließ die Sonde über die Bauchrundung gleiten, bis das gewaltige *Wumpf* eines Herzens den Raum erfüllte; rot-schwarz und fusselig an den Rändern, arbeitete es irgendwie. Sie warteten darauf, dass das Baby sein Zwerchfell bewegte, kommentierte die Technikerin, auf und ab, auf und ab. Dies würde beweisen, dass sein Körper zu atmen lernte. Die Technikerin schaute sich die Augen aus dem Kopf, während sie mit der Sonde so hart aufdrückte, dass ihrer Schwester die Tränen kamen. Auf dem Ultraschallmonitor schwamm und schwoll ein kleines Alles; bei seinem grau-schwarz quirlenden Anblick drängte sich einem unweigerlich der Gedanke an den History Channel und den Weltraum zugleich auf. Trotzdem wollte das Kleine nicht das Atmen üben, wollte es nicht zur Vorbereitung auf seine Geburt. Es wollte nicht üben, auf der Welt zu sein – warum sollte es auch? –, bis sie zu ihrer Schwester sagte: »Ich habe eine Idee«, und ihr Handy herausholte. Die flotteren Songs der Andrews Sisters plärrten durchs Zimmer – gedrungene Maultiere und breite Revers und hohes Blech, strahlend im Krankenhausdunkel, Musik für unsere Jungs in Übersee, weit weg von zu Hause und verängstigt, damit sie noch ein paarmal unbeschwert Luft holen konnten, bevor es rüberging. Es hatte geholfen. Es half wieder. Obwohl es das noch nicht brauchte, atmete das Baby.

. . .

Die Technikerin sah alles – den Kopf, der im Umfang dem restlichen Körper zehn Wochen voraus war, die Asymmetrie von Armen und Beinen, die Augen, die sich nicht schließen mochten –, durfte jedoch nichts sagen. Die Lippen zu einem dünnen Strich zusammengepresst, trug sie verschiedene Maße ein. Zum Schluss lächelte sie schüchtern. »Ich mag Ihre Musik«, sagte sie.

. . .

Eine Zeit lang konnten sie in unheilvoll unkendem Ton über nichts anderes reden, als was dem Baby wohl fehlen mochte. »Vergib mir«, brachte sie unter der Dusche vor, »dass ich glaube, jedes Baby hat einen Arsch verdient. Nenn mich altmodisch, aber zufällig ist es meine Überzeugung, dass ein BABY! einen ARSCH! verdient hat, egal WIE!«

. . .

Ich hab auf dem Ultraschall die ___ von meiner Tochter gesehen

Ich bin schon so lange so, dass ich gar nicht mehr weiß, wie ich sein soll

. . .

Keiner der Ärzte, Schwestern oder Spezialisten erwähnte eine Abtreibung auch nur mit einem Sterbenswort. Weil es in der sechsundzwanzigsten Woche bereits zu spät dafür war? Weil das hier Ohio war, wo der Stift des Gouverneurs ständig über irgendeiner neuen katastrophalen Gesetzgebung schwebte? Weil die Klinik katholisch war und in der Empfangshalle eine Jesusstatue mit einem Nutztier auf dem Arm stand? Sie erfuhren es nie genau. »Hast du diesen einen Artikel gelesen…«, fragte ihre Schwester eines Morgens, und sie wusste sofort, welchen sie meinte: Eine Frau, die Hunderte Meilen nach Las Vegas fliegen und sich mit gesenktem Kopf durch eine empörte Demonstrantenmenge kämpfen musste, um sich schließlich hinter einer fünfzehn Zentimeter dicken Panzerglasscheibe in einem Papierkittel unters Messer zu legen. »Ich muss dauernd an die Demonstranten denken«, sagte ihre Schwester. »Wie ihnen praktisch der Schaum vorm Mund stand. Und keiner von denen hatte doch eine Ahnung.«

. . .

»Ich fahr dich«, sagte sie verzweifelt. »Ich fahr dich hin, ich mach alles. Sag nur ein Wort.« Ihre Schwester nickte traurig, und beide sahen sie vor ihrem inneren Auge die Wüste vorbeipeitschen, den Salbei und den Sand, die zartlila Berge – sie waren natürlich noch nie dort gewesen, hatten nur den Film *Showgirls* gesehen –; beide wussten sie, dass die Fahrt nicht sicher wäre und dass ihre Eltern nie wieder mit ihnen reden würden.

. . .

Ihr kam diese eine weit zurückliegende Reise nach Norwegen in den Sinn, wo eines Morgens auf dem Weg zum Markt ein dünner, hoher, gezwungener Laut an ihr Ohr gedrungen war, als würde ein gelber Faden zwischen zwei Fingern hindurchgezogen. Weil er nicht mit der Rückseite der Zähne, sondern über den Kopf gebildet wurde, erkannte sie ihn sofort als religiös. Es war Anti-Abtreibungsgesang, angeführt von einer Frau in einem langen spinnwebartigen Rock, und neben ihr stand ein Mann mit weißem Kragen und einem Tamburin. Hinter den beiden hielten sich Wange an Wange zwei rothaarige, sommersprossige junge Männer mit Downsyndrom im Arm.

O Gott, hatte sie damals gedacht. Sobald unsere Abtreibungsgegner darauf kommen, dass sie ein Tamburin haben können, ist es vorbei.

. . .

»Ich an Ihrer Stelle, Schätzchen«, sagte eine Sozialarbeiterin zu ihrer Schwester, »ich würde einfach mal *eine Runde laufen gehen und abwarten, was passiert.*« Sie starrten die Frau an. Das konnte doch wohl nicht ungefährlich sein? Sie waren doch nicht in das Irland der Fünfzigerjahre zurückversetzt worden? Es würde ihr doch nicht als Nächstes jemand den Tipp geben, in einem heißen Schaumbad eine Flasche Gin zu leeren?

. . .

Sie sorgte sich nicht nur um das Leben ihrer Schwester, sondern auch um deren Originalität. Zum Beispiel liebte ihre Schwester *Star Wars* so sehr, dass sie den Gang zum Altar zu den Klängen des »Imperial March« angetreten hatte. Würde es der Drang, zum »Imperial March« vor den Altar zu treten – diese kleine Melodie, die wir im Dunkeln summen, die wie der Inbegriff des Überlebens selbst wirkt – würde dieser Drang es lebend aus dieser ganzen Verworrenheit herausschaffen?

. . .

Im Portal verstummte sie; sie wusste ja, wie das war. Sie wusste, dass man beim Scrollen den Blick von denen abwendet, die ihren Lippenstift nicht innerhalb der Kontur auftragen können, denen, die sich schleichend in den Wahnsinn hineinsteigern, denen, die megahorny, den Dommen, die bei Weitem nicht fies genug sind, der Nacktheit, die nur acht Likes erhält, der Zahnpasta am Spiegel auf Badezimmer-Selfies, den widerlich aussehenden Kartoffelsalaten, den Journalisten, die in Echtzeit entgleisen, den neuen Abbildungen tierischer Schwäche, die verlangen, dass wir den Abstand zwischen dem Rudel und den Nachzüglern vergrößern sollen. Vor allem aber wendet man den Blick von denen ab, die rasend vor Kummer sind, deren Münder aufklaffen wie Höhlen mit uralten Malereien an den Wänden.

. . .

Wenn *alles, was sie war, witzig war,* aber *nichts davon witzig,* was bedeutete das dann für sie?

. . .

»Ist dir klar, dass das Leben deiner Tochter in Gefahr schwebt?«, schrie sie stumm ihren Vater im Auto an, denn der Kopf des Babys wuchs immer noch exponentiell und schien gar nicht mehr aufhören zu wollen, sodass ihre Schwester nicht mehr als zwei Schritte gehen konnte, ohne vorzeitige Wehen auszulösen. »Ist dir klar, dass vor einem Jahrhundert...«, unterbrach sich jedoch, weil die Augen ihres Vaters in Tränen schwammen, eine Ahnung befiel ihn, und sie konnte es nicht ertragen, wenn *das* jetzt nach all diesen Jahren das Fass zum Überlaufen brachte. Sie versuchte, die Tür aufzureißen, aber sie war verriegelt; im Radio lief »Bad to the Bone«, und es lag nicht in der Natur ihres Vaters, sie aussteigen zu lassen, bevor das Lied zu Ende war.

. . .

»Scheißbullen!«, brüllte sie, als sie endlich freikam, warf die Beifahrertür zu und trat mit der geballten Kraft sechsunddreißig gesetzestreuer Jahre gegen den Hinterreifen. »Widerliche... miese... Schweine!«, schrie sie, nun doch radikalisiert, das traurige vertraute Gesicht im Rückspiegel an, das röter war als je zuvor.

. . .

Und wie um alles in der Welt sollte dieses neue Wissen mit *Europa.Ist.Ne.Schwuchtel* koexistieren? Vermutlich würde es das nicht, jedenfalls nicht lange.

. . .

Trotzdem war er nicht so abschätzig wie sonst; er gab sich Mühe, nett zu sein. »Wie läuft's... denn so... mit der Arbeit?«, erkundigte er sich beim Frühstück, und sie musste daran denken, wie sie sich vor Kurzem auf einer Veranstaltung mit ein paar Buchhändlern legal bekifft hatte; sie hatte sich felsenfest eingebildet, sterben zu müssen, einen ganzen Krug Gurkenwasser geleert und war dann so langsam umgeklappt, dass sie aus Versehen dem versammelten Raum ihre Möse zeigte, wobei sie die Umstehenden in einem fort beschwor, doch bitte einen Krankenwagen zu rufen. Wenn sie es sich recht überlegte, schämte sie sich nicht. Was war denn so schlimm an einer Nachbildung, einer ins Werk gesetzten Miniatur der traurigen Flugbahn, der sie überhaupt erst ihre Bekanntheit verdankte? »Es läuft *wirklich, wirklich gut*«, antwortete sie ihrem Vater und verschränkte ihre wehrlosen Unterarme vor ihrer ungeschützten Brust.

. . .

»Hier ist alles schiefgegangen, was mit dem Gehirn eines Babys hätte schiefgehen können«, teilten die Ärzte ihnen mit, und so fühlte sie sich in dieses Gehirn hinein, dachte sich entlang seiner Pfade, dachte darüber nach, was es bedeutete, dass das Baby nie wissen würde, was in der Welt vor sich ging. Die Vorstellung grenzte an totale Abstraktion, wurde beinahe schön. »Die Nervenzellen sind alle in isolierte Hülsen gewandert, von wo aus sie nie miteinander in Verbindung treten werden«, sagten die Ärzte. Vielleicht so zehn Wörter. Vielleicht wird sie Sie erkennen. Jeder im Zimmer starrte auf die blühende graue Wolke; jeder im Zimmer verspürte insgeheim den Wunsch, seine eigene Wolke zu sehen, die doch an den zarten Schatten der darin befindlichen Dinge zu erkennen sein müsste.

Oh, guck mal, acht Jahre an der medizinischen Fakultät.

Oh, guck mal, eine alte Folge von *Frasier*.

. . .

Die Neurologin stach unter den anderen heraus. Ihre Haut schimmerte grünlich sanft wie eine Madonnenstatue in einer Grotte, die auf einem einzigen fischförmigen Fuß balanciert, und auf dem weit sich aufschwingenden Gedanken der Stirn liegt ein Widerschein von Meereslicht. Kompositorisch betrachtet schien sie zu 14 Prozent aus der Sorte klassischer Musik zu bestehen, die man zum Lernen hören soll. Während sie sprach, unterbrach sie sich alle paar Sätze, um sich zu entschuldigen. »Nicht Ihre Schuld«, erwiderte ihre Schwester jedes Mal und schnippte sich reines Silber von den Wangen, als wäre, was auch immer die Neurologin ursprünglich dazu bewegt hatte, das menschliche Gehirn zu studieren, durch den Kanal ihrer Bildung gebrochen und würde sich nun als ungehemmter Strom in ihre Richtung ergießen. Sie sandte von ihrem festen Sockel einen Lichtschweif aus wie ein fallender Stern. Sagte: »Es tut mir ja so leid.«

. . .

Falls das Baby überlebte – die Ärzte glaubten nämlich nicht daran. Aber falls doch, glaubten sie nicht, dass es lange leben würde. Falls es lange lebte, wussten sie nicht, wie sein Leben aussehen würde – es würde ganz durch seine Sinne leben. Seine Fingerspitzen, seine Ohren, seine Schläfrigkeit und sein Hellwach, ein leises Erschauern der Haut unter jeder Berührung. Entlang seiner Grenzen, genau dort, wo es in einen anderen Zustand überging. Fluttümpel voll langsamen Geblinzels, voller Bläschen und kleiner wogender Wedel. Das Ich, nur mehr davon, wie ein Schwamm. Nur durstig.

. . .

Die Worte *gemeinsame Wirklichkeit* dehnten sich weiter und weiter aus und flatterten an den Enden wie eine blaue Filzdecke, die nicht mehr für alle Füße ausreichte, sodass sie in derselben Kälte zusammenschrumpften. Stell dir die Decke mit ihrem breiten Satinsaum vor, denn hatten wir nicht alle die gleiche zu Hause?

. . .

Was ist ein Mensch? Was ist ein Mensch? Was ist ein Mensch?, fragte sie sich an dem Tag, als das Gorillaweibchen starb, das begriffen hatte, dass es eine Person war. Aber genau das war ja der Punkt. Lass einen Gorilla eine Person sein, und schon kommt eine ganze Flut durch das Wort gekracht, bis noch die letzten Fenstergitter des Elternhauses fortgerissen werden.

. . .

»Zurück in Ohio und wieder heterosexuell«, seufzte sie. Das passierte immer, wenn sie heimkehrte, sobald sie das erste Quaker-Steak-and-Lube-Restaurant sah, sobald der erste Tom-Petty-Song im Radio lief und am Reißverschluss ihrer Jeans herumzufummeln begann, sobald ihre Geschwindigkeit auf dem Highway eine Reibung erzeugte, die an Feuer grenzte.

. . .

Als Teenager hatte sie sich an Gedichten über die Schön-heit ihrer Umgebung versucht, nur war ihre Umgebung so hässlich gewesen, dass sie das Projekt rasch wie-der begraben hatte. Warum waren die Bäume hier nur so braun, so verkümmert? Warum kündigten die Rekla-metafeln HEIßE SLOTS an? Warum sammelte ihre Mut-ter Figurinen von Precious Moments, warum schienen die Vögel BUR-GER KING, BUR-GER KING zu rufen, und warum ertappte sie sich in ihren einsamsten Momenten dabei, den Jingle des ortsansässigen Anwalts für Scha-denersatz und Schmerzensgeld vor sich hin zu summen, ein solcher Ohrwurm, dass er fast schon als Krankheit durchging?

· · ·

Wäre sie hiergeblieben, wäre sie vielleicht auch pil-lensüchtig geworden, begriff sie. Was irgendwie da-mit zusammenhing, wie im Herbst das packpapier-braune Laub im Rinnstein zusammenpappte und der Schnee sich bis zum Überdruss hielt, was er mit Ehe-frauen gemeinsam hatte. Und ihrer Erinnerung an die Multiplikationstabelle mit der alles verschlingenden fetten Null in der Ecke und diesem Kreidegeschmack auf ihrer Zunge.

· · ·

Stattdessen war sie ins Internet abgetaucht. Bis vor einiger Zeit war ihr gar nicht klar gewesen, wie knapp sie davongekommen war. Doch jetzt tauchten im Por-tal Männer aus den Kanalschächten auf und beichteten, wie kurz sie vor der eigenen Radikalisierung gestanden, wie auch sie tagelang mit trockenem Mund und feuchten Achselhöhlen die Kanalisation des gemeinsamen Denkens durchwandert hatten. Wie sie dem mutagenen Glühen des Bodensatzes gerade lange genug ausgesetzt gewesen waren, um furchtbar, furchtbar witzig zu werden, gerade so lange, dass ihnen das hellsichtige dritte Auge gewachsen war.

. . .

Alle naselang standen am Straßenrand Schilder, auf denen NIERE FÜR MELISSA stand. NIERE FÜR RANDY. NIERE FÜR JEANINE, darunter verzweifelte Telefonnummern mit Edding notiert. »Mom, was sind das für Schilder?«, fragte sie irgendwann.

»Die hab ich ja noch nie gesehen«, meinte ihre Mutter und blinzelte durch ihre Drugstore-Brille. »Muss eine Betrugsmasche sein.«

»Aber wofür?«

Ihre Mutter schwieg sehr lange. »Um an eine Niere zu kommen?«, sagte sie schließlich leise und starrte ihre Tochter an, als wäre die Gottes eigene Idiotin.

. . .

Obamacare sah einen Zuschuss für die vollständige Exom-Sequenzierung der DNA des Babys vor, was ihr so aufrichtige wie hämische Freude bereitete, da ihr Vater das Wort jetzt nie mehr *in diesem Tonfall* aussprechen konnte. »Erwarten Sie nicht zu viel – wir suchen nach einem einzelnen falsch geschriebenen Wort auf einer einzelnen Seite in einem sehr dicken Buch«, sagte der Genetiker. Einen Moment lang kam es ihr vor, als hätte er ihr Revier betreten. Das Animalische in ihr sträubte sich. Niezen, dachte sie unwillkürlich.

. . .

Der Fehler lag an einem mutierten Signalweg, was bedeutete, dass die Entwicklung des Babys nicht aufhören konnte und würde; in seinen Armen und Beinen, seinem Kopf und Herz herrschte eine Art Absolutismus, der an Wonne grenzte. Wie ein Windrädchen schwirrte es fröhlich im Bauch seiner Mutter und verkündete mit jeder Minute seine Bereitschaft, drängte mit jeder Minute: Hey, lasst mich auch mal dran.

. . .

Wegen dieses Überschwangs, dieses Kreiselns und Drängens schien das Baby lebenstauglicher als der Rest von ihnen – es *war* das Leben selbst, eine einzige große und unverhoffte Übersteigerung, ein Sprung ans Ufer. »Ich dachte, sie ist stärker als andere Babys«, sagte ihre Schwester und hatte recht. »Ich dachte, sie beschützt mich«, sagte ihre Schwester, und wer konnte das schon bestreiten?

. . .

»Wir wissen so wenig über die ___!«

. . .

Furcht ergriff sie alle, als sie die schlimmsten sieben Wörter der englischen Sprache vernahmen. *Es gibt ein neues Gesetz in Ohio.* Und dieses Gesetz definierte es als Kapitalverbrechen, bei einer Schwangeren vor der siebenunddreißigsten Woche die Geburt einzuleiten, ganz gleich, was schiefgelaufen oder wie groß der Kopf ihres Babys war. Zuvor hatte es sich dabei um ein Bagatelldelikt gehandelt, ein weit weniger schwerwiegender Vorwurf. Das Gesetz war erst einen Monat alt: frisch wie ein Neugeborenes, und niemand wusste, aus wessen Feder es stammte, und den Ärzten stand nackte Angst ins Gesicht geschrieben.

. . .

Ich schreibe einen Artikel!, dachte sie wirr. Ich lass das Ganze auffliegen! Ich ... ich ... ich werde darüber *posten!*

. . .

»Männer machen solche Gesetze«, sagte sie zu ihrer Mutter, »und haben keine Ahnung, woraus eine Frau pinkelt.« Sie hatte mal mithilfe eines Gratis-Taschenspiegels von Clinique und einer Folge schockierender Verrenkungen, derer sie inzwischen nicht mehr fähig war, einen ganzen Nachmittag lang versucht herauszufinden, woraus sie pinkelte. Es war wirklich extrem schwer gewesen.

. . .

»Es gibt doch sicher Ausnahmen«, meinte ihr Vater zögerlich – derselbe Mann, der einen lebenslangen Kreuzzug gegen sämtliche Ausnahmen geführt hatte. Seine weiß behaarte Hand fuhr zu seinem Gürtel, wie immer, wenn er Angst hatte. Er wollte nicht in der Welt leben, die er geschaffen hatte, aber wer von uns wollte das schon, wenn es hart auf hart kam?

. . .

Noch so ein Spruch von ihm: »Es gibt natürlich Abtreibungen bis zur allerletzten Minute ... von wegen *Gesundheit der Mutter* und so.« Bei Letzterem setzte er mit den Fingern Anführungszeichen in die Luft, obwohl seine Tochter in einem Rollstuhl direkt vor ihm saß. Wenn sie der Satz in den violetten Stunden der Nacht weckte, schnappte sie ihr Handy vom Nachttisch, postete im Portal die Worte *nieder mit der polizei*, wartete, bis sie neunundsechzig Likes bekamen, und löschte sie dann wieder. So kindisch das war, besänftigte es doch die Hilflosigkeit, die ihr so heftig im Magen zappelte, dass sie beinahe ihren eigenen Herzschlag zu haben schien.

. . .

Das Baby war auf rosa Papier gedruckte Informationen. Das Baby wusste nicht, was in der Welt vor sich ging. Das Baby trat und tat so, als atmete es zu hellen Hornklängen: *Don't sit under the apple tree,* Duke und Ella, ein Amerika, in dem es sich befand und das es verstanden haben musste, dem es gern beitreten wollte, Amerika! Das Baby drehte durch, wenn ihre Mutter nur eine einzige Cola trank.

. . .

Manchmal lief ihre Schwester mattziegelrot an, wenn eine andere Frau im Wartezimmer, bei der es jeden Moment so weit war, auf den blühenden Innenhof hinaustrat, um Kette zu rauchen. Sie überlegte, ihrer Schwester, um sie aufzuheitern, von diesem einen Post zu erzählen, in dem jemand behauptete, Schwangeren zu verbieten, sich Heroin zu spritzen, sei klassistisch oder etwas in der Richtung. Ha ha, der Post war der Hammer gewesen! Allein beim Gedanken daran musste sie laut auflachen, doch das Lachen blieb ihr im Hals stecken, als sie sich selbst hörte. Sie hatte vor fünf Jahren zum Spaß angefangen, wie eine Hexe zu lachen, und konnte es jetzt nicht mehr lassen.

. . .

»Haben Sie Kinder?«, fragte eine der Schwestern sie. Nein. Sie zögerte so lange, dass sie ihr Haar wachsen spürte. Einen Kater. Namens Dr. Schloch.

. . .

In diesen Wochen trotteten Tiere auf der Straße auf sie zu und schmiegten ihr die weichen Schnauzen in die Hand, worauf sie stets dieselben zwei Worte sagte, ohne sich je zu fragen, ob sie eine Lüge waren oder nicht, die Worte, die wir aussprechen müssen, weil es die stummen Dinge nicht können – wenn nämlich ein Hund angelaufen kommt und einem Zuwendung suchend die Hand anstupst und man automatisch *Ich weiß, ich weiß* sagt, wovon spricht man dann, wenn nicht von der Welt?

. . .

Um sich auf andere Gedanken zu bringen, sahen sie sich abends eine Sendung namens *Fluss-Monster* an, die immer gleich anfing: Der blauäugige britische Moderator kommt zu einem Dorf, aus dem Fischer verschwinden, in die Tiefe gezerrt, totgeschlagen, vom biblischen Unbekannten verschluckt werden. Den Rest der Folge spürt er sich durchs Wasser schlängelnden Wellen nach, bis er manchmal ein prähistorisches Ungeheuer heraufzieht, dessen scharfes Auge das Mondlicht atmet wie eine Kieme, und das nennt er dann ein Prachtstück und lässt es frei.

. . .

Um sich auf andere Gedanken zu bringen, sahen sie sich abends LeBron James an. Seine Fußsohlen waren Genies. Seine rosa Fingerspitzen waren Genies. In seinen Händen wurde der Basketball zum Genie; der Korb am Ende seiner Parabel wurde zum Genie; die Luft, die er durchschnitt, war der Atem, den sie anhielten, aha, aha, aha, heureka; wenn er sich übers Spielfeld bewegte, lief er schneller als alles, was sie nicht kannten; die rostige Stadt bog sich auseinander und streckte sich dem Mond entgegen; die ganze Welt war ein Genie darin, diesem Mann zuzusehen.

. . .

Aus den spezialisierten Gesichtern der Ärzte leuchtete Interesse. Vor ihrer Schwester stritten sie sich um ihren zukünftigen Anteil an der Plazenta, dem Nabelschnurblut, Mutterblut, Babyblut. »So etwas habe ich noch nie gesehen«, erklärte der Genetiker beinahe hysterisch, »und werde es auch bis zu meinem Todestag nie mehr.«

Funze, du liebst Drama, dachte sie, die Worte kamen in ihren Kopf wie ein Abwehrzauber; denn egal, wie unser Leben aussehen mochte, es bereitete uns auf solche Augenblicke vor.

. . .

Der Exomtest hatte das falsch geschriebene Wort gefunden, den einen fehlenden Buchstaben in einem sehr dicken Buch. Die Familie saß am Konferenztisch und wurde durch Pusterohre mit dem gesamten Wörterbuch beschossen. Was die Ärzte sagten, war *Proteus-Syndrom*, was sie sagten, war *eins zu einer Milliarde*, was sie meinten, war *Elefantenmensch*. Sie dachte an die kahlen viktorianischen Zimmer mit tickenden Uhren im Hintergrund, die beeindruckende Würde und die Dialoge und die Maske des Films – der etwas erfasst haben musste, aber nein, eigentlich das hier nicht erfasste. Dachte an die Worte auf dem Filmplakat: ICH – BIN – EIN – MENSCH!

Am Ende seines Lebens, stand auf Wikipedia, bettete der Elefantenmensch seinen Kopf hin, um wie andere Menschen zu schlafen, und erstickte an dem Gewicht. Doch dieser Teil des Wikipedia-Eintrags, das Ende, war ja immer am fragwürdigsten.

. . .

Oh, der Genetiker sollte nur mal versuchen, ihr zu erklären, wer Proteus war. Er sollte es nur wagen, seine breiten, durch Wunder aufgerauhten, bedeutenden Hände auszubreiten und das wandelbare Wasser nachzuahmen, das durch sie hindurchglitt, in einem Moment da war und im nächsten nicht mehr. Falls er es wagte, würde sie mit aller Kraft auf den Tisch hauen und sagen: »Wie reden Sie denn mit mir? Ich war ein *Mythology Girl*.«

. . .

Das Baby war der erste und einzige Fall, der jemals intrauterin diagnostiziert worden war. Die Begeisterung im Raum war so greifbar wie ein Apfel, denn am Baum der Erkenntnis war auf einmal eine Orange gesprossen. »Trotzdem«, legten ihnen die Ärzte schließlich ans Herz, »gehen Sie nicht nach Hause und googeln das jetzt.« Aber darin bestand eben der Unterschied zwischen der alten und der neuen Generation. Sie wäre eher gestorben, als etwas nicht zu googeln. Sie wäre ernsthaft lieber gestorben.

. . .

»Aber die Simulation ist 3 % effektiver, wenn guten Menschen Schlimmes passiert!«, schrieb ein User namens BaconFetus in einem Forum, in dem eifrig ein anderer Proteusfall diskutiert wurde, diesmal eine Frau, deren Beine nach einer Amputation wieder nachgewachsen waren. »Und sehen wirs doch mal von der positiven Seite«, antwortete jemand. »Hey! Mehr Beine!«

. . .

Die Menschen sind zu Kiefernholzhütten am Stadtrand gepilgert, erzählte sie dem Baby, während sie dem Bauch ihrer Schwester Blasmusik vorspielte. Die Menschen sind in Nachtclubs gegangen und haben sich unter Palmen gefläzt und silberne Flachmänner aus ihren Gesäßtaschen hervorgezaubert. Ein schreckliches Zeitalter war das, erzählte sie dem Baby. Die besten Musiker waren schwarz, und es herrschten die Jim-Crow-Gesetze. Die besten Musiker waren jüdisch, und es tobte der Zweite Weltkrieg. Doch die Hörner spielten auch nach einer ewigen Ausgangssperre weiter; die Hörner blieben, so lange es nur jemanden gab, der tanzen wollte. Es schien, als sagten die Hörner: Ich bin hier, ich bin hier.

. . .

Eine Kunsttherapeutin rückte an, setzte sich an den Küchentisch und machte sich mit der niedlichen Belanglosigkeit eines Mädchens, das ein Gänseblümchen in einen Gewehrlauf steckt, daran, ihre Stifte und Pastellkreiden und Wasserfarben auszupacken. »Kunst?«, wollte sie aufschreien. »Du glaubst, dass uns Kunst hier helfen kann, du Scheißhippie!?«

. . .

Mit einem Bauch, der so flüssig-heiß wie der Mittelpunkt der Erde war, klammerte sich ihre Schwester um Mitternacht an sie, und als sie sprach, strömte der Atem aus ihr heraus wie die Atmosphäre der Venus, Planet der Liebe: »Vielleicht... hilft sie uns dabei... was rauszufinden.«

. . .

Ihre Schwester sprach häufig davon, von den *Zahlen*; sie sprach davon, wie oft *Dinge gut ausgehen*, dass der Mechanismus der menschlichen Replikation dafür sorgte, dass Dinge *meistens gut ausgehen*. Wenn man zum Beispiel den gewaltigen Datenwasserfall der Exom-Sequenzierung des Babys nahm, war es unmöglich, nicht anzunehmen, dass irgendeine Schwerkraft existierte, ein Magnet, dass die Quecksilbertröpfchen größtenteils zusammenflogen, die Herde sich zu einem einzigen Flügel schloss. Meistens wurden die *Zahlen* nicht krank, sondern blieben gesund.

. . .

Sie konnte versuchen zu beten. Sie konnte ein weißes Nachthemd anziehen, sich hinknien und die Hände falten, allerdings bezweifelte sie, dass ihre Gebete erhört wurden, wenn man bedachte, dass sie erst neulich im Portal geschrieben hatte, dass *jesus eine futt und eine ho* war.

. . .

»Ich weiß einfach nicht, was daran gut sein soll«, flüsterte ihre Mutter in dem geschützten kleinen Luftraum des Autos, in den sie sich inzwischen flüchteten, um sich gemeinsam beherrscht Luft zu machen, sobald sie das Haus verließen. Die Schultern ihrer Mutter krümmten sich wieder über dem Lenkrad, die gleiche Form wie der Buckel ihrer Großmutter. Gestern Abend hatten sie sich Dias angesehen und Popcorn gegessen, und unter den warm leuchtenden Achaten von 1976 hatte sie ihre Mutter als Jugendliche gesehen, die in einem Badeanzug auf die Kamera zuging, mit dem gleichen flachen Bauch, den ihre Schwester gehabt hatte, damals, als sie nur in einer Bengals-Kappe und einem String am Fenster stand.

. . .

Das Folgende geschah: Sie kannten jemanden. Sie kannten jemanden im Krankenhaus, und so trieb der hohe

Stapel Papierkram ihrer Schwester nach ganz oben wie Sahne. Als die Ethikkommission schließlich eine Entbindung in der fünfunddreißigsten Woche abnickte, weinte die Ärztin in ihrem Seidenkopftuch und der Roségold-Uhr von Michael Kors – die Ärztin, die jetzt womöglich des Landes verwiesen wurde, die Ärztin, der es jederzeit untersagt war, einen Schwangerschaftsabbruch zu erwähnen, die Ärztin, die in ihrem Unterbauch ein Klirren verspürt haben musste, als wir vor dem Supreme Court verloren – diese Ärztin weinte tatsächlich.

. . .

Sie dachte an Frauen in weindunklen Kostümen mit streng zurückgebundenen Haaren, die vor Senatsausschüssen aussagen. Die Gesichter der Senatoren schwebten stets gemütlich nah vor ihnen, wie Türen an einem bundesweiten Feiertag. Weil bei ihnen der Worst Case eingetreten war, mussten die Frauen ja irgendetwas getan haben, um das zu verdienen. Sie wussten nichts über diese Zeit, als wir den großen Bizeps bewohnten und, kurz bevor er sich anspannte, noch nicht jene waren, denen es widerfuhr.

. . .

Übles Stockfoto eines schon älteren Geburtshelfers, der zwischen den Beinen einer Schwangeren kauert und ein großes, reich belegtes Sandwich verdrückt.

. . .

Die Wände des Krankenhauses hingen von oben bis unten voller Gedenktäfelchen, die so günstig gewesen sein mussten, dass auch ärmere Familien sie sich hatten leisten können. Sie entschuldigte sich im Wartezimmer, stahl sich auf die Gänge hinaus und knipste wie eine Wahnsinnige die Tafeln, auf denen oftmals schaurige Zeichnungen zu sehen waren. Ronald McDonald reckt den Daumen hoch – warum? Sie schauderte. Eine beängstigend große Kröte namens BIG BILLY. Das Bild eines Babys, gestorben im Jahr 1971, mit prächtigem Federkopfschmuck, als solche Sachen noch in Ordnung gewesen waren.

. . .

Wie weit muss ein Wort sich von seinem Ursprung entfernen, um unkenntlich zu werden? Schreibweisen des Wortes *Baby*, die das Portal in letzter Zeit durchlaufen hatte: *Babey, babby, bhabie*. Im Mittelenglischen war es zu ähnlichen Verwandlungen gekommen: *babe, babee, babi*. Und doch schien bei jeder Variation, unvergänglich wie eine in Windeln gewickelte Seele, die Bedeutung durch.

. . .

Rohe Mandeln im Wartezimmer, dann ein Schrei im OP, und die Sternenkind-Fotografen drängelten sich alle auf einmal um ihre Schwester und ihren Schwager, um ergreifende Schwarz-Weiß-Fotos von dem Baby zu machen, bevor es seinen letzten Atemzug tat. Aber es starb und starb nicht, und dann entfaltete es sich wie etwas Feuchtes, Frühlingshaftes und lebte.

»Ich glaube, dass sie herauskommt, und ich glaube auch, dass sie schreit«, hatte ihnen, als Einzige unter allen Ärzten, die grottengrüne Neurologin gesagt.

SIE ERINNERTE SICH an den eigentümlich heranrollenden Schmerz des Portals, in dem sich alles abspielte außer dem hier. Doch fürs Erste war die zuvor unerschütterliche Überzeugung, dass jemand anderes ihre Gedanken schrieb, verschwunden.

. . .

Diese ganze Grübelei darüber, *was ein Bewusstsein ausmachte*, verblasste, sobald man ihr das Baby in die Arme legte. Ein Bewusstsein war ja bloß etwas, das in der Welt zurechtzukommen versuchte. Schwingend und hackend, wie eine weiche rosa Machete, bahnte sich das Baby einen Weg durch das lebende Laub. Ein Weg war ein Weg war ein Weg war ein Weg. Ein Weg war ein Mensch, und ein Weg war ein Bewusstsein, gehen, hacken, gehen, hacken.

. . .

Hätte sie nur niemals diesen Artikel über Krakenintelligenz gelesen, weil sie sich jetzt jedes Mal, wenn sie einen schwarz angerösteten Tentakel zwischen unbescholtenen Kartoffeln anschnitt, im Stillen dachte: Ich esse ein Bewusstsein, ich esse ein Bewusstsein, ich esse eine differenzierte Einsicht in das vorliegende Thema.

. . .

Als die Kleine zum ersten Mal gestillt wurde, drückte sie sich hinter der Schulter ihrer Schwester herum, um es zu dokumentieren; ihr Handy steckte in einem desinfizierten Zipper-Beutel, sodass sämtliche Aufnahmen wirkten, als wären sie im Himmel entstanden. Von der Seite wies der Hals ihrer Schwester die glatte Konsistenz eines Vogelbads auf, schraubte sich wie aus einem Guss höher und höher hinauf. Das geflügelte Etwas – ein zartrosa Zwinkern, verschwommener Kardinal – ließ sich auf ihrer Oberfläche nieder und trank.

. . .

Sie selbst wurde Patin – *godmother*, ein Wort, das sie nicht hören konnte, ohne einen Zauberstab vor sich zu sehen, der Dinge in andere Dinge verwandelte. Einmal kurz die Stirn angetippt – immer die Stirn! –, und mäusewimmelnde Konturen zerbarsten zu Rauschen, weitem Weiß, dem weiten Himmel.

. . .

»So brav«, gurrten die Schwestern, als sie das Baby in seinem kratzigen weißen Taufkleid sahen; ihm blitzte der Schalk aus den Augen angesichts ihrer ernsthaften kleinen Menschenzeremonie. Als der Priester das Wasser aus seiner angeschlagenen Muschelschale goss, durchströmte sie ein Gefühl des Triumphs, denn hier war endlich ein Kind, dem Religion keine Angst einjagen konnte, ein Kind, das einfach keine Furcht vor dem Jenseits haben wollte.

. . .

Das Baby weckte in ihr eine solche Begeisterung, dass sie es kaum aushielt. Es ging ihm so prächtig. Es war *grandios*. Genau wie der Mann mit dem Basketball, dessen Körper immer weiß, was zu tun ist, war das Baby genial bis in die kleinste seiner strebenden Zellen hinein. Seine Augen schweiften unablässig, obwohl es nicht sehen konnte – nicht würde sehen können, das war gleich klar, denn anstelle der Iris schillerten unbändige Tropfen wie Drachenschuppen. Und? Ja und? Würden nur alle Menschen auf der Erde so gespannt betrachtet und jedes Mal, wenn sie winken und ihre Ärmchen heben, einfach ganz normal atmen wie der Rest von uns, gefeiert werden. Wenn sie den Kopf einer vertrauten Stimme zudrehen. Was vor sich ging. Was vor sich ging.

. . .

Es war unbegreiflich, wie glatt und gründlich sie das aus dem Strom ihres gewohnten Lebens gerissen hatte. Sie war ein schimmerndes, steriles Instrument, das genau im Augenblick des Notfalls aufblitzte. Sie stürzte heißen Krankenhauskaffee hinunter und machte »AAAAAH«, als wäre sie George Clooney in *Emergency Room*, als würde sie jetzt gleich den Tumor herausschneiden, der in letzter Zeit auf den Sehnerv der Welt gedrückt hatte. Sie wollte Fremde auf der Straße anhalten und sagen: »Wussten Sie davon? Das sollten Sie aber. Und keiner spricht darüber!«

Okay, oder sie war ein schimmerndes Instrument bis zu dem Moment, in dem sie abends ihre Zimmertür hinter sich zumachte. Dann brach sie in einen weißen Nebel aus Tränen und merkwürdigen Keuchlauten aus, die tausend Jahre vor und nach jeder Sprache kamen. Sie hatte ja die letzten zwei Jahre alles so ungefiltert auf sich einwirken lassen, und jetzt ... rate mal, Schlampe! Sich länger zu versenken ging nicht mehr! Den ganzen Tag lang nahm sie begierig Informationen auf, doch niemand verriet ihnen die Hauptsache. Niemand verriet ihnen, wie lange sie die Kleine noch haben, wie lange ihre schwebende Wolke bleiben würde.

. . .

Ein Gefühl wie von tausend flatternden Küssen, wie lange konnte sie das wohl ertragen? Sie hatte erst wenige Minuten mit den Füßen in einem Becken mit Kangalfischen ausgehalten, als sie hektisch die Beine herausriss und meinte, dass sie *zu weit gingen*, dass sie *von ihr mehr fraßen als von anderen*. Das Mädchen an der Kasse hatte noch versucht, ihr zuzureden – wie weich sie bald sein würde, und wenn sie nur ein wenig Geduld hätte, würde sie zu ihrem Urzustand zurückgeknabbert werden –, aber sie bezahlte in bar und rannte auf die Straße hinaus, wo ihr erst nach anderthalb Kilometern auffiel, dass sie irgendwo auf dem glühenden Asphalt ihre Flipflops verloren hatte.

. . .

Ein Sender zeigte das Baby in krisseligem Schwarz-Weiß; es sah aus, als wollte es gleich eine Packung Zigaretten aus einem Convenience-Store klauen. Nachts, wenn sie alle in ihren getrennten Betten lagen, schalteten sie ihn ein, und das war, wie sie früher geglaubt hatte, was Engel taten – den Sender schauen, auf dem sie zu sehen war. Wenn auch nur ein Söckchen vom Fuß des Babys rutschte, konnten sie anrufen, und wie aus dem Nichts würde Gott ins Bild treten und das Söckchen wieder anziehen.

. . .

Ihr Gästezimmer in Blau und Vanille lag zur Straße hin, und in der Ecke stand eine Magnumflasche Kartoffelwodka und jedes Buch, das sie ihrer Schwester je zu Weihnachten geschenkt hatte, seit sie Teenager waren. Nachdem sich der weiße Nebel gelegt und sie besorgt den Sender überprüft hatte, der das Baby zeigte, kippte sie einen Zoll warmen Wodka in ein Wasserglas und fing an zu lesen; sie rutschte immer tiefer im Bett, bis die Sätze sich auszogen und schlafen legten, bis es ihr keine Angst mehr machte, dass so vieles nicht in Büchern stand.

. . .

»Ich glaube, ich fahre nach Hause, wenn der Wodka ausgeht«, sagte sie sich. Wie das Gegenteil von Aschenputtel, obgleich sie immer noch in das Glas schlüpfte, das ihr wie angegossen passte.

. . .

Einem der Bücher, einem Sextagebuch, wohnte der ganz eigene Zauber des Neulands inne, auf dem sich vor 9/11 das Schreiben im Internet bewegt hatte. Diese Sextagebuchautorin trug seitliche Zöpfchen und hatte

Augen wie blaue Pailletten und kannte keine Hemmungen. Bei ihr klang New Hampshire wie ein Ort, den man gern besuchen wollte: eine unendliche Öffnung in schwarzem Eis, die wie ein 24-STUNDEN-GEÖFFNET-Schild summte. Kaffee am Morgen, adrenalingeputschte E-Mails am Nachmittag, einsame Vorbereitungen für Dreier am Abend.

Daraus schien ihr ganzes Leben zu bestehen, doch tatsächlich war es nur ein Zimmer darin. In einem anderen befand sich ihr Sohn Wolf, der mit einer Mikrodeletion in einem seiner Chromosomen zur Welt gekommen war. In einer dieser unverzeihlichen Vertraulichkeiten, die uns das heutige Zeitalter ermöglichen, googelte sie alle paar Jahre die Frau und ihren Sohn, mit dem Ergebnis – ja, mit was für einem Ergebnis eigentlich? Wolf war noch am Leben, und das letzte Mal, als sie nachgesehen hatte, hatte er sich zum Christentum bekannt, malte wundervolle Selbstporträts und beobachtete das Wetter Tag und Nacht. »Das gibt mir immer ein Gefühl von Sicherheit, weil… woher soll ich sonst wissen, was kommt, wenn ich nicht hinhöre?«

. . .

Sie googelte sie wieder; sie konnte nicht anders. »Erzähl mir mehr über die Apokalypse«, bat Wolfs Mutter ihn in einem Interview.

»Wenn die Menschen den Teufel in Form von Hexerei und schlechten Filmen anbeten, würde Gott bei seiner Ankunft die Erde verbrennen. Aber in den Toren der Heiligen Stadt wären wir in Sicherheit. Dort scheint die Sonne. Und es ist warm, obwohl wir das nicht so spüren würden wie jetzt, weil unsere Körper nicht ihre gegenwärtige Gestalt hätten – keine Krankheiten, keine gebrochenen Knochen. Wir würden durch die Wärme eher schweben als gehen. Wir hätten immer noch unser Herz und unsere Seele, die Liebe und Glück empfindet, aber Dinge nicht auf die gleiche Weise anrührt, sich nicht gekränkt fühlt. Weil alle Vegetarier wären, wären die Tiere frei. Wir hätten eine neue Erde, ganz rein und lieblich, und es würde nur Frühling und Sommer herrschen. Keine Luftverschmutzung.«

. . .

Ein Traum, in dem sie selbst schwanger war und von Panik ergriffen wurde, als sie begriff, dass sie die ganze Zeit über getrunken und geraucht hatte – zwischen ihren Fingerspitzen entfaltete sich eine Zigarette wie ein Papierkranich, und Eiswürfel bebten seismisch in ihrem Glas. Durch ihr Fenster fiel ein diffuses rotes Licht, in dem ihr Bauch durchsichtig wurde; und da lag in einem Kissen aus Meer das Baby, dessen größerer Kopf und die langen, froschartigen Glieder nach oben zeigten, und der Rose-der-Welt-Mund fragte sie beinahe lachend: *Warum tust du uns das an?*

. . .

Die Vergrößerungsflüssigkeit nachts war ihre Rettung, doch in der Früh musste sie ihren Körper wie eine Gefängniswärterin am Genick aus dem Bett zerren und brüllen: »Morgen, Sonnenschein!« Damit das Leben weiterging, musste sie nämlich so bald wie möglich in die

Klinik, und während ihre rechte Hand pausenlos den brühheißen Kaffeebecher umklammerte, überfuhr sie Seite an Seite mit ihrer Mutter rote Ampeln und hörte das eine Cover von Totos »Africa« im Radio, versuchte, nicht mitzusingen, ehe sie doch einknickte und plärrte: »*I BLESS THE RAINS!*«

. . .

Was bedeutete dem Baby eine Geschichte? Sie bedeutete eine sanfte Stimme, das tröstende Wissen, dass alles da draußen seinen gewohnten Gang ging und gehen würde. Dass das Blut der Beständigkeit weiterpumpte, der Tag in seinem Flussbett dahinfloss. Seine blauen Augen verdrehten sich, wenn die Stimme mit der Geschichte erklang, und manchmal bebte es dann wohl vor Spannung und versuchte sich in seiner Winzigkeit so groß zu machen wie all das, was auf es eindrang. Im Gewölbe seines Kopfes versuchte das flirrende Quecksilber aller Dinge zu verschmelzen.

. . .

»Anfälle«, meinte der Arzt und verabreichte Phenobarbital, und sie starrte ihn über die Nasenspitze hinweg an wie eine Möwe. Sollte er von ihr verlangen, hundert Heilige und Wüstenmystiker mit Epilepsie aufzuzählen, nur zu – bitte sehr, und zwar angefangen bei dem Buchstaben A.

. . .

Einmal, als sie vorlas, geriet sie an ein Kapitel, in dem ein kleines Mädchen starb und in den Himmel kam, »wo ihm von den Vögeln die Nachrichten aus aller Welt zugetragen wurden«. Weil es nicht in ihrer Natur lag, Seiten zu überspringen, las sie mit immer kleinerer Stimme weiter, so leise schließlich, dass auch die Vögel den Klang nicht mehr hätten überbringen können, aber dem Baby fiel nicht das Geringste auf.

. . .

An ihr früheres Leben konnte sie sich kaum erinnern – die Flüge durch die dünne blaue Atmosphäre, ausgehändigte Tickets und abgestempelte Reisepässe, die herrlich schroffen Brüche des Woandersseins. Noch weniger konnte sie sich daran erinnern, was sie getrieben hatte, wenn sie nicht gerade unterwegs war. Das Einzige, was sie dann vor Augen hatte, war sie selbst mit einem Notizbuch, in das sie mit äußerster Sorgfalt und dem Gefühl einer bahnbrechenden Erkenntnis »*mein gott – thors hammer war eine pimmelmetapher*« schrieb.

. . .

Durch die Membran einer weißen Krankenhauswand spürte sie heftig das Leben pulsieren, das ohne sie weiterging; die Tragweite der Auseinandersetzungen darüber, ob man in einem Podcast das Wort *zurückgeblieben* sagen durfte. Sie legte die Hand auf die weiße Wand, und das Herz hämmerte im Sturmschritt, ja, gesund. Aber sie steckte nicht mehr in diesem Körper.

. . .

Ich konnte Ihnen folgen, ich fühlte mich zugehörig, bis

. . .

Im Vorgarten der Nachbarn stand eine Betongans, die sie je nach Laune und Jahreszeit ausstaffierten: ein gelber Regenmantel, wenn es regnete, ein Körbchen mit bunten Eiern zu Ostern, ein Minitrikot an Spieltagen. Sie postete eines Morgens darüber, bloß damit die Leute wussten, dass sie noch am Leben war, worauf ein Reporter anrief und sie für die Art von Feelgood-Story interviewte, die den Leuten im Portal eine Entschuldigung dafür liefern würde, die Nachrichten zu verdrängen. »Die Gans ist für jede Gelegenheit gerüstet«, tönte sie, während sie, einen Kaffeebecher in der Hand, im Raucherbereich vor dem Krankenhaus auf und ab marschierte. »Sie besitzt für jeden nur erdenklichen Tag des menschlichen Kalenders ein Outfit.« Doch als der Reporter fragte, was sie eigentlich in Ohio mache, war sie plötzlich ohne Worte, waren alle putzigen kleinen Sprachkostüme wie weggewischt. Wie sollte man dafür auch eine Gans verkleiden?

. . .

Im Fernseher im Wartezimmer auf der Frühchenstation: eine Reportage darüber, dass der Diktator ein für alle Mal zu weit gegangen war. Im Fernseher im Wartezimmer auf der Frühchenstation am Tag darauf: eine Reportage darüber, dass das doch nicht stimmte und es in echt gar nicht mehr möglich war, zu weit zu gehen.

. . .

Ein Vater in ausgesucht regionalem Camouflage schaltete von den Nachrichten auf *Ancient Aliens* um, wo postuliert wurde, der Sensenmann als Metapher des Todes stamme daher, dass Außerirdische auf unseren Maisfeldern mittelalterliche Bauern mit Krankheitserregern besprüht hätten. Der Mann schaute das an. Sie schaute den Mann an. Eine Nadel in seinem Gesicht glitt kontinuierlich von Möglich über Einleuchtend bis hin zu Ich würde mein Leben für diese Überzeugung geben, was verblüffend war, bis einem wieder einfiel, wie hektisch die Maschinen seiner Tochter gepiepst hatten.

. . .

Auf der Frühchenstation gab es noch ein Baby namens Bo; er schluchzte, sobald man ihn allein ließ, lachte jedoch, wenn andere Leute auftauchten. Täglich hielten die Schwestern Bo einen Spiegel vor; er blickte hinein und lachte schallend, bis es wirklich anfing, komisch zu wirken – wie unwahrscheinlich war doch das Ganze, wie sie hier auch alle zusammensaßen. Wo ist Bo? Da ist Bo. Oh, da ist er ja.

. . .

Seine Mutter nannte Bos Magensonde seine Cheeseburger. Solche Kleinigkeiten waren wichtig – wenn man die Magensonde seines Babys nämlich nicht seine Cheeseburger nannte, hatte die Magensonde irgendwie gewonnen.

. . .

Als er übers Wochenende hochgeflogen kam, sah sich ihr Mann physisch außerstande, länger als eine Stunde auf der Frühchenstation zu verbringen. »Mir war vorher nie klar, wie krass die Agenda eines Babys ist«, meinte er verdrossen, und dicht an seinem Haaransatz kamen die 161

Worte AUFHÖREN zum Vorschein. »Dass man sich da so entspannt und es einem vorkommt, als ob in der Außenwelt nichts falsch läuft. Ein ganzer Raum voller Babys – tja, keine Chance.«

. . .

»Ableismus«, sagte ihr Mann, der dem Begriff zum ersten Mal begegnete. »Moby-Dick... war ableistisch... gegenüber Kapitän Ahab?«

»Nein«, sagte sie, den Kopf in den Händen vergraben. »Nein. Nein. Nein. Nein.« Seine geistige Durchdringung solcher Themen war schon immer begrenzt gewesen. Zum Beispiel glaubte er, Sexismus wäre, wenn jemand »gemein zu Mary Tyler Moore« war.

. . .

»Ich weiß nur«, sagte er zu ihr und verlagerte das Baby instinktiv in die Ellbogenbeuge, sodass seine Sauerstoffwerte, blau wie das Meer, auf 98 Prozent anstiegen, »dass du mich nie wieder Daddy nennen kannst.«

. . .

Auf ihrem Handy, zwischen Fotos vom Baby, auf denen es zu lächeln schien, war ein Bild von einem nackten Frauenarsch mit dem perfekten Abdruck eines Juggalo-Make-ups. »Guck mal. Guck mal, wie schön ihr Gesicht ist. Guck mal, wie *weise*«, sagte sie zu Leuten, Wildfremden, und scrollte rasch über das Bild vom Loch der Frau hinweg.

. . .

Das Herz wuchs. Wo es an die Grenze des Einzelnen stieß, tat es weh. Es versuchte, den Bahnen, so weit sie sich erstreckten, zu folgen. Es versuchte, ahnungslos zu sein.

. . .

Beim Betrachten des Babys bildete sie sich manchmal ein, dass alles in Ordnung wäre oder nichts jemals schiefgehen könnte, dass sie zusammen auf einem Planeten lebten, wo die Babys eben so auf die Welt kamen. Dann flog sie mit dem Baby auf dem Arm wieder auf die Erde zurück und hielt sich vor Schmerzen den Bauch, weil ihr dieser süße kleine Körper auf einmal wie ein gezackter Haufen Puzzleteile im Magen lag, die sie zusammensetzen, zusammensetzen, jeden Augenblick weiter zusammensetzen mussten, und Welle um Welle dieser Magenschmerzen lösten sich zu einem Bild vom Meer auf.

. . .

Mit welchem Recht erwarteten wir etwas von diesem Leben? Wie lauteten die Vertragsbedingungen? Was hatte der Politiker uns versprochen? Der Makler, der uns im traumhaften Haus des Seins herumgeführt hatte? Konnten wir dagegen klagen? Wir würden klagen! Konnten wir das Ganze auffliegen lassen? Wir würden es auffliegen lassen! Konnten wir ... Konnten wir darüber *posten*?

. . .

Wie ihr Vater schwitzend, in panischer Angst das Baby auf dem Arm hielt – hatte er jemals eins gehalten? – und ihr das Bündel dann nach kaum fünf Minuten wieder entgegenstreckte. »Auf deinem Arm sieht sie so glücklich aus«, meinte er. »Nicht wie bei mir.« Sie wusste, welche Worte als Nächstes kommen wollten – *du bist wie geschaffen dafür, Kleines, warum hast du nie –*, doch als Geschenk gab er sie ihr nicht, nicht dieses Mal. »Hier, ich zeig dir, was ihr gefällt«, sagte sie, hielt dem Baby ihr Handy ans Ohr und spielte *Music for Airports*, und der Klang flitzte wie ein Vogel vom einen Ende des Terminals zum andern.

. . .

»Sie kennt ja gar nichts anderes«, versicherten sie einander immer wieder. Der Rest lag bei ihnen und ihrer eigenen Vorstellung davon, was ein Gehirn und ein Körper können sollten. Als die Neurologin bei jener allerersten Sitzung behutsam angeführt hatte, dass das Baby womöglich eines Tages bis drei zählen könne, hätte sie ihr beinahe den Tisch ins Gesicht gekippt. Wer braucht schon bis drei zählen? Guck doch, was uns bis drei zählen gebracht hat. Ich *warne* dich.

. . .

»Wir könnten doch mit ihr in den Cincinnati Zoo«, sagte sie und leuchtete im Dunkeln wie eine Glühbirne auf. »Wir können sie in den Geschwisterkinderwagen setzen, mit ihrer Sauerstoffflasche auf einer Seite, und sie durch die Menge schieben, und wenn wir zum Elefantengehege kommen, können wir einen Finger um ihren Finger legen und drücken, um ihr zu zeigen, wie die Kleinen sich an ihrer Mutter festhalten.«

»Ja«, sagte ihre Schwester, die für einen Moment wieder wie ihr ganz junges Ich aussah, und ließ den Kopf so lange hängen, dass es schon schien, als kämen ihr gleich die Tränen. »Wir können auch um Harambe trauern.« Denn egal, wie unser Leben aussehen mochte, es bereitete uns auf solche Augenblicke vor.

· · ·

Das große Geschenk, dass das Baby ihre Stimmen erkannte, völlig inhaltsleer bis auf die Liebe – wie es sich so aufgeregt in Richtung des ununterbrochen strömenden Elements drehte, seine Glieder nach Kräften dem menschlichen Sonnenschein entgegenreckte, sich durch alles hindurchkämpfen würde, um dorthin zu gelangen.

· · ·

Anders, das schon, anders. Aber wir würden ja auch anders sein, das verlangte die Zukunft von uns, die Veränderungen hatten schon eingesetzt. Und es gab ja kaum einen Menschen, der sich so sehr von anderen unterschied, dass er nicht wusste, was ein Kuss ist.

· · ·

Das Baby strampelte mit den Beinen weiter als andere Beine, schlug mit den Fäusten weiter als andere Fäuste, ruderte mit den Armen, erklomm die Luft wie eine Treppe. Zupfte abwesend an den bleichen Haaren an seinem Hinterkopf. Es war das Baby, dessen Bewegungen für eine Landschaft bestimmt waren, wie man sie sich bisher nicht hatte träumen lassen, das uns zeigte, wie man abhob – wie wir fliegen, aufsetzen, Blumen an anderen Orten pflücken würden.

Aber bitte noch nicht, es hat uns hier doch gefallen.

. . .

»Ich will ein Jahr«, sagte ihre Schwester grimmig. »Ich *will ein Jahr*«, wo wir anderen seit so Langem nur daran hatten denken können, wie wir die Zeit bis zum Abtreten des Diktators vorspulen, uns hinlegen und in einem gläsernen Rechteck zwischen Rosen schlafen konnten, bis wieder eine erträgliche Wirklichkeit eintrat.

. . .

Ihre Schwester und ihr Schwager blieben lange rosarote Stunden auf, um das Babyzimmer einzurichten, wohl wissend, dass die Kleine vielleicht nie darin schlafen würde. Als Thema hatten sie sich für Schwäne entschieden, ruhig und elegant – wobei der einzige Schwan, dem sie jemals persönlich begegnet war, vor dem Kafka-Museum ihren Blick niedergezwungen hatte, ehe er auf sie losgegangen war. Den halbherzförmigen Hals zu einem Schrei gereckt, hatte er sie bis zum Wasser hinuntergejagt, aber natürlich musste er, wie ihr später aufging, irgendwo in der Nähe sein Nest gehabt haben.

. . .

»Wenn ihr Atem aussetzt, dann bloß, weil sie vergisst, dass sie atmen sollte«, erklärte ihnen die schwangere Krankenschwester an ihrem allerletzten Tag auf der Frühchenstation. »In dem Fall klopfen Sie ihr ganz leicht auf die Wangen. Kneifen Sie ihr einfach ein bisschen in den Fingernagel.« *Don't sit under the apple tree, he was the boogie woogie bugle boy of company B.*

. . .

Es zeugte von etwas tief Menschlichem, wie kräftig sie sich kneifen musste, sobald ihr das alles langsam wie *eine Metapher* vorkam.

. . .

Am liebsten setzten sie ihrem kostbaren Köpfchen Turbane in Rosa, mit Tupfen oder Leoprint auf, bis sie wie eine Hellseherin aussah, ein kleines Golden Girl, das schon hundert Jahre gelebt hatte und unter seinem Turban mit einer Skepsis, die davon kam, alles gesehen zu haben, in die Welt hinausspähte.

. . .

Augenblickliche Bürgerin des Blitzstrahls, der in den Himmel schrieb Ich weiß.

ALS SIE SCHLIESSLICH DIE HEIMFAHRT ANTRAT, waren
Monate vergangen, und sie spürte, wie sich eine andere
Art von Kluft auftat. Zum einen brauchte Dr. Schloch sie
nicht mehr. Er verkroch sich den ganzen Tag lang unters Sofa, wo er sich selbst probierte, denn auch für eine
Katze stellt das Ich eine unvergleichliche Delikatesse
dar.

. . .

»Du warst so lange weg, dass ich schon Barbra Streisand
heiß fand«, sagte ihr Mann bei ihrer Rückkehr und ver-
grub das Gesicht an ihrem Hals.

. . .

Allerdings hätte er, teilte er ihr mit, *vergessen, wie man
neben einer anderen Person schläft*, und in einem spät-
abendlichen Geistesblitz ein zweites Bett gekauft, das er
neben das erste stellte. »Ich glaube, du hast die falsche
Größe bestellt, Liebes«, meinte sie. »Es sieht aus wie ein
Babybett.« – »*Kein* Babybett. Bett für Erwachsene«, entgegnete er hitzig, aber als sie später aufwachte und die
Hand nach ihm ausstreckte, sah sie, wie er sich in einem
Gestell herumwarf und wälzte, das klein genug für ein

Waisenkind war; die Decke reichte ihm vorne und hinten nicht, und seine Füße baumelten über den flachen Rand der Welt.

. . .

Wie ein dröhnender Gong hallte der Sommer nach. Der flirrend heiße Wind trug ihr Nachrichten zu. Die ganze Landschaft, wohin sie auch blickte, alles war eine goldene Ernte, die eingebracht werden musste, bevor der Herbst kam und das Jahr seinen Atem vor sich sah. Ihre Arme öffneten sich weit; dort, wo das Baby gewesen war, fühlte sie sich wie aufgeschnitten. Wenn sie in einem Moment der Unachtsamkeit ihre eigene Stimme vernahm, klang diese immer noch wie eine Flut von menschlichem Sonnenschein, Freundlichkeit. Eine Flut irgend*wohin*.

. . .

Doch die Einladungen in die Außenwelt waren fürs Erste versiegt. Die Schule war aus, ganz Europa hielt Siesta, und sie war keine Expertin mehr für irgendetwas, ganz zu schweigen davon, was gerade los war.

. . .

Bestattungsdiorama auf einer Tastatur von Tatsuya Tanaka: Miniaturfiguren in Trauer mit gesenktem Kopf, ein Blumenkranz auf dem Sarg der Plus-Taste abgelegt.

. . .

Das Foto eines heißen Schauspielers in einer Inszenierung von *The Elephant Man* von 2014, in der dieser die Hauptrolle ohne Prothesen, rein durch Verrenkungen seines Oberkörpers und groteske Grimassen spielte. Das ist jetzt der Test, dachte sie sich und wartete darauf, entweder Heiterkeit oder Empörung zu verspüren. Keins von beidem stellte sich ein. Sieht aus, als leistete er ziemlich gute Arbeit, entschied sie schließlich. Ich wette, seine Mom ist stolz auf ihn, allerdings dachte sie das über die meisten Menschen, denen sie derzeit begegnete.

· · ·

Konnte sie aber nicht mehr über solche Dinge lachen? Die *New-York-Times*-Kritik des Stücks endete mit dem folgenden Urteil über die Leistung des Schauspielers: »Er ist – und sollte es ja auch sein – *der Elefant im Raum*.« Ahahaha – ahahahahahahaha! Nein. Ihre Lachmuskeln funktionierten noch ziemlich einwandfrei.

· · ·

Sie versuchte wieder voll ins Portal abzutauchen, doch dort tobte gerade eine Riesenauseinandersetzung darüber, ob die Leute jemals das N-Wort gedacht hatten, und manche behaupteten tatsächlich, dass sie es in Gedanken ausblendeten, wenn sie in einem Buch darauf stießen, und sie zog sich lautlos wieder zurück.

· · ·

Die Dinge, die sie dem Baby gern weitergegeben hätte, wirkten so klein, so klein. Wie es sich anfühlte, im Urlaub zum Supermarkt zu gehen; um drei Uhr früh wach zu werden und das ganze Leben durch die Fingerspitzen gleiten zu lassen; erster Büchereiausweis; neuer Lippenstift; ein Zeh, der zwei Monate lang taub war, weil man zur Hochzeit einer Freundin geliehene Schuhe getragen hat; Donnerstag; Oktober; »She's Like the Wind« in einer Zahnarztpraxis; Führerscheinfoto, auf dem man wie eine Mörderin aussieht; seinen Badeanzug wieder anziehen, nachdem man auf der Toilette war; einen Beckenteller berühren, damit er ein Geräusch macht, und ihn dann wieder berühren, damit er verstummt; Vater-Mutter-Kind im Kühlschrankkarton spielen; ein Streichholz bis zu den Fingerabdrücken herunterbrennen lassen; eine Hand im Scrabble-Säckchen und dann I I I O U E A; *Villette* atemlos bis zum Schluss durchlesen (spar dir die Teile, wo es um den *crétin* geht, Liebes); Burger-Einwickelpapier auf einem Roadtrip; die Schale eines schweren roten Apfels auf einer Plantage; auf der Zunge liegendes Wort; das Portal, aber nur eine Minute lang.

. . .

Joseph Campbell, der in *The Power of Myth* mit den zu langen Fingernägeln schnipst, als er von der Kletterpflanze spricht, die sich an der Kokospalme an seinem Haus in Hawaii hochrankt: die Pflanze wisse, wohin sie wachsen und in welche Richtung sie ihre Blätter drehen müsse, habe so etwas wie ein Bewusstsein. »Es kommt mir mehr und mehr so vor, als sei die ganze Welt beseelt.« Dass »dies die Augen der Erde [sind]. Und dies die Stimme der Erde«.

. . .

Wenn das alles dachte, was war dann der Kopf?

. . .

Wenn man eine kurze Weile fort gewesen war und dann zurückkam und nicht mehr dazugehörte, was war es? Ein Gehirn, eine Sprache, ein Ort, eine Zeit? Ach, meine Informationen! Ach, mein Alles, von dem ich nicht gedacht hätte, dass ich es jemals zu wissen bräuchte!

. . .

Aus der Ferne schrieb ihre Schwester: Ich glaube, sie hört zum ersten Mal Regen. Die erste Flocke des Schneefalls von allem, wild und warm jetzt. Donnerstag im Regen; Oktober im Regen; Schale eines schweren roten Apfels; auf der Zunge liegendes Wort; Gran um grünes gläsernes Gran; und all das, bis nichts mehr übrig war.

. . .

Ein lesegeschultes Auge liest auch ein Bild – caucasianblink.gif! –, und so lasen ihre Augen die Bilder, die ihre Schwester ihr vom Baby schickte: von links nach rechts, erster Zeh in der Badewanne, russische Romane, die nie geschrieben würden, ausschweifende monumentale Werke, die jeden Zentimeter menschlicher Erfahrung vermaßen, reinzoomen, reinzoomen, reinzoomen. Tatsächlich, die wunderschönen Augen wurden größer.

. . .

Eine empfohlene Operation, bei der die Augenlider des Babys zugenäht werden sollten, und sie haderten damit, weil sich so viel von ihrer Kommunikation darüber abspielte, dass sich ihre Augen vor – wie sie glaubten – Staunen weiteten. Doch am Morgen des Eingriffs leuchtete der Anästhesist mit einem Licht in die delfinblauen

Tiefen, lauschte auf die schleppenden Gezeiten ihres Atems und meinte, er würde es nicht tun – wenn das seine Tochter wäre, er würde es einfach nicht tun.

. . .

Sie träumten, sie träumten alle von ihr. In ihren Träumen krabbelte sie, aß Weintrauben, sang Kinderreime. In ihren Träumen schoss sie wegen ihres Großwuchssyndroms über die Köpfe anderer hoch auf und wurde mächtig, bewegte sich unter ihnen mithilfe raffinierter Räder, Streckmittel, phänomenaler Gerätschaften. Sie hielt aus eigener Kraft den Kopf hoch, sie schlief wie andere Menschen. Vor allem aber sprach sie mit einer übersinnlich hellen Stimme zu ihnen.

»Ich bin eine hoch entwickelte Lebensform«, gab sie eines Nachts bekannt, »aber ich muss bald wieder heimkehren… *auf den Planeten 9/11.*«

. . .

Die Zeit reifte in goldenen Uhren. Vor Supermärkten tauchten jetzt vermehrt Kürbispyramiden und Kübel voll rostoranger Blumen auf, und der Oktober sprach seine Einladung an die Geister aus, auf die Erde zurückzukehren. Damals im Krankenhaus, als sie geglaubt hatten, dass das Baby es nie verlassen würde, hatten ihre Schwester und deren Mann einen Haufen saisonaler Kleidung für das Baby zusammengetragen: ein Jahr an einem Tag, Winter Sommer Frühling Herbst.

. . .

»Darf ich dich behalten?«, fragte eine Frau ihren Sohn, dem sie auf einer Parkbank die Windeln wechselte. Die Frage war mit einem Monogramm für ihn allein bestickt, war vor Gebrauch bereits weich wie eine Decke geworden. »Darf ich dich behalten? Nur ein kleines bisschen?«

. . .

Als bekannt wurde, dass uns nicht mehr als zwölf echte Jahre blieben, setzte eine Art dringliches Aufblühen ein; die Menschen spürten es überall. Familien begannen, ihren Sommerurlaub auf den Postkarten zu planen, auf jedem Feld, Wald und jeder Wiese von dem rotierenden Ständer. Und im Portal wurden Romanautoren von einer Welle sonderbarer Energie hochgeschwemmt. Ihre Stunde hatte geschlagen. Sie würden all dem Auf Wiedersehen sagen! Sie würden all dem endgültig Auf Wiedersehen sagen!

. . .

Unterdessen wurde das Klima auf der Erde des Babys heißer: Eisberge schmolzen, der Meeresspiegel stieg an, Permafrost brach auf und gab Prähistorisches frei, das Great Barrier Reef verlosch weiß, Koralle um Koralle. Und trotz all dem unterhielt und, berührte sich, malte Bilder und wurstelte das Ding, das die Menschheit war, weiter auf der Erde vor sich hin.

. . .

stell dir vor, das Meer hat seit Jahren Fieber ... lol

keine Krankheiten, keine gebrochenen Knochen

wir würden durch die Wärme eher schweben als ge-
hen

. . .

Im Alter von vierzehn Wochen fuhren sie mit dem Baby
zur Disney World, weil man das in Amerika so machte.
Zwischen den unbekannten Figuren blieb es seelenruhig,
es ließ das Feuerwerk über sich ergehen, betrat durch
Eingänge, die wie Eingänge aussahen, Häuser, die wie
Häuser aussahen, und hielt erst in grenzenloser Verzü-
ckung inne, als die Band 98 Degrees auf der Hauptbühne
im Epcot zu spielen anfing; und das Baby hörte, es hörte,
sein Vater begann mit ihm zu tanzen; seine Augen weiteten sich wie ein Dokumentarfilm namens *Planet Erde*,
in dem die Kameras ins Blau abtauchen, aus dem Welt-
all bis hinab in die tiefsten Riffs. Sie fährt voll auf
98 Degrees ab, rief seine Mutter, es war die Musik ihrer
beider Jugend, als das Herz noch eine rote Hoffnung gewesen war, sie kannten jedes Wort auswendig, die Band
war nach der Temperatur des menschlichen Körpers benannt, das Baby tanzte, es tanzte in den Armen seines
Vaters.

. . .

Das Baby fuhr in aller Gelassenheit durch die Dunkelheit des Spukhauses und verfolgte mit derselben nach-
sichtigen Belustigung, die es schon bei seiner Taufe an
den Tag gelegt hatte, was um es herum vorging. Keine
Sorge, schien es seinen Eltern zu versichern, die es wie
eine kindliche Königin zwischen sich in ihre Chaise gesetzt hatten: Es wird nicht so sein, überhaupt nicht. Das

sind bloß die äußeren *Formen*, erklärte sie ihnen ernsthaft, als die Kamera über ihnen sie in ihrem »vergänglichen, sterblichen Zustand« knipste, damit nach der Fahrt alle gemeinsam darüber lachen konnten. Aber falls ihr das wirklich mal brauchen solltet, zieh ich auch ein weißes Spitzenkleidchen an und komme zu euch.

. . .

Nachts auf der Fähre hielt ein Teenager verstohlen sein Handy über ihre Schulter und fotografierte das Baby in seinem Spezialkinderwagen, was ihr in dem Moment rätselhaft vorkam, es sah ja jetzt nicht so anders aus als andere Babys, oder? Er machte Bilder, weil es so rosig zum Anbeißen aussah – nicht um sie zu posten, stimmt's?

. . .

»Ich will nur nicht, dass die Leute Angst vor ihr haben«, hatte ihre Schwester damals gesagt, als sie die Diagnose erfahren hatten. Doch jetzt, wo das Baby da war, hatte sich die ganze Familie zu einem einzigen trotzigen blauen Starren verwandelt, das die Wellen durchschnitt, während sich links und rechts die Furcht vor der Welt hoch auftürmte. Sie wollten – was? – die Sonne im Nacken packen und ihr Gesicht nach unten drücken: Schau sie an! Schau! Schein auf sie! Schein! Schein!

. . .

Ein runder Regenbogen folgte ihr auf dem Heimflug von Orlando. Jedes Mal, wenn sie aus dem Fenster sah, glitt
er leichtfüßig über Wolken vom gleichen dichtflockigen

Muster dahin, das sich seit Kurzem auf der Haut des Babys abzeichnete, seinen Fußsohlen und Handflächen, sodass es Wetter als Finger- und Fußabdrücke zu haben schien. Den runden Regenbogen, sagten ihr ihre Antworten nach der Landung, nannte man eine Glorie.

. . .

Ihre Schwester, die mit peinlicher Sorgfalt einen Brief an ihren Senator aufsetzte, wobei sie all jene Sätze wieder strich, die auch nur entfernt nach republikanischem Reizthema rochen. Sie schrieb:

habe mich immer bemüht, eine gute Bürgerin zu sein

habe mich gesund ernährt und Sport getrieben

Ärzte haben uns versichert, dass wir das durch nichts verursacht haben könnten

keine Ahnung, wann ich wieder arbeiten gehen kann

könnten wegen der astronomischen Kosten jederzeit aus unserer Krankenversicherung fliegen

sie ist das Licht unseres Lebens

Und fragte schließlich: »Findest du es zu politisch?«

. . .

War die Kleine Amerikanerin? Wenn ja, war es deshalb, weil dieser Staub ihre Teilchen aufgewirbelt hatte, weil sie unwahrscheinlichen Ehrgeiz in einem Land unwahrscheinlichen Ehrgeizes besaß, oder weil es dieser Staat war, der sich so standhaft geweigert hatte, sich ihrer anzunehmen?

· · ·

Der Brief an den Senator – der um Hilfe bat, eine Säuglingsschwester für nachts, eine Säuglingsschwester für tagsüber, eine zweite Chance, das uneingeschränkte Recht aller Frauen auf reproduktive Selbstbestimmung, eine grundlegende Reformierung des Gesundheitssystems, eine neue Zeitleiste, irgendetwas, alles, alles – dieser Brief an den Senator wurde nie abgeschickt. Wie auch, wenn ihre ganze Zeit für das Kind draufging?

· · ·

»Ich kann etwas für sie tun«, versuchte sie ihrem Mann zu erklären, als er fragte, warum sie ständig auf diesen klapprigen 98-Dollar-Flügen, deren Gefährlichkeit unlängst von *Nightline* aufgedeckt worden war, nach Ohio zurückflog. »Eine Minute bedeutet ihr etwas, mehr als uns. Wir wissen nicht, wie lange sie noch hat – das kann ich ihr geben, ich kann ihr meine Minuten geben.« Dann, beinahe zornig: »Was habe ich vorher eigentlich damit gemacht?«

· · ·

Und das Leben mit dem Baby hatte etwas Unmittelbares an sich, das der Unmittelbarkeit auf Reisen glich, wie es einen den reinen blauen Nerven ausliefert. Man war
seine fünf Sinne, die eine unbekannte Straße entlang-

strömten; man war das Klatschen seiner Schuhsohlen und das heiße Papier seiner Hände, während man an Statuen regionaler Madonnen vorbeiflutete. Die unauslöschliche Erinnerung an einen ganz bestimmten Secondhandladen in Helsinki, der Geruch fremder Jahrzehnte im Futter eines Ledermantels. Die Endlosschleife von »Desert Island Disk« in einem ganz bestimmten Café in Cleveland, dessen Inhaber sie davor warnte, keinen zweiten entgiftenden Black Latte zu trinken, weil er »die Pille aus ihrem Organismus schwemmen und sie dann schwanger werden« könne. Die Brücken anderer Städte, wo sie gern den regenbogenbehalsten Enten zusah, die auf den schlammgrünen Flüssen dümpelten, oder Espresso trank, bis zwischen ihr und dem Tag ein furchterregend freier Austausch stattfand – sie war offen, aufgestoßen, alles konnte auf sie einstürmen.

. . .

Über die Feiertage flog sie wieder zu ihrer Schwester. Sie bugsierte den acht Kilo schweren Truthahn in den Ofen und rannte dann zum Sofa zurück, um die Monitore zu kontrollieren. Sie begoss den Truthahn mit aufschäumenden Bechern Weißwein und rannte dann zum Sofa zurück, um sein Gewicht gegen das des Babys zu tauschen. Sie garnierte Champagnerflöten mit Thymianzweigen und Birnenscheiben für ein Getränk namens Herbstcocktail – sie würde Feiertagsstimmung verbreiten, koste es, was es wolle! Als die Sonne unterging, setzten sie sich schließlich alle zu Tisch, das Baby daneben, und blickten auf die Blumen in der Tischmitte, und blickten auf sein grünes Gras und Ringelblumenzahlen, 179

Herzfrequenz, Sauerstoff, und dachten an etwas namens Überfluss.

. . .

Truthahn-Mythos über Ben Franklin: Er setzte sich nicht für Truthähne als nationales Symbol ein. Er setzte sie in Experimenten mit Elektrizität ein

. . .

Ideal zum Schauen, wenn man ein Baby auf dem Arm hält, das einen einstündigen Anfall erleidet, war der Hallmark Channel, der gerade mit der Ausstrahlung seines Feiertagsprogramms begonnen hatte. Die Handlung eines Hallmark-Films drehte sich ausnahmslos um *Großstadtbitch lernt, einen Brummi zu knutschen ... an Weihnachten.* Die Großstadtbitches waren genau siebenunddreißig Jahre alt. Ihre Augen waren vom Weihnachtskoks geweitet. Und zum Schluss waren sie so froh darüber, ihre Lektion gelernt zu haben und für immer bei der Familie in der Heimatstadt zu bleiben.

. . .

»Berührt mich!«, verlangte das Baby unablässig. »Berührt mich, ich bin im Dunkeln!«

. . .

Ihre Schwester hatte zu Hause einen Roboter, der ihnen rund um die Uhr zuhörte und ihre Unterhaltungen gewissenhaft archivierte für den Fall, dass sie sich eines Tages alle gegenseitig umbrachten. Diese dahinrasenden Monate der Worte würden für alle Ewigkeit in einer Gruft verschlossen sein, das nicht enden wollende Schluchzen, *was machen wir denn jetzt, was sollen wir nur tun,* stets untermalt vom Atem des Babys und dem Piepsen seiner Maschinen, hier und da aufgehellt von der Stimme ihrer Schwester, die kleine Verhöre des Alltäglichen in den Raum stellte, wie: *Alexa, wie groß ist Kevin Hart?*

Alexa, spiel klassische Musik!

. . .

Letztes Jahr um diese Zeit hatten sie sich den *Nussknacker* angesehen, und als sie abends im Bett die Augen schloss, führte das Ballett sich immer noch auf. Mal für Mal wurde die Ballerina sicher von rauen Händen aufgefangen. Die Musik erfüllte die Luft wie eine Kissenschlacht, doch darüber lag das dumpfe Knallen der Spitzenschuhe auf den Brettern, dieses hässliche menschliche Geräusch, das das Schauspiel erst zu solch unerträglicher Schönheit veredelte, dass der Mann vor ihr komplett die Fassung verlor und laut »BRAVA!« aufschrie. Vielleicht ist das das Leben nach dem Tod, dachte sie: die Augen schließen sich, aber das Ballett tanzt weiter, die Körper, die das Ballett bilden, wirbeln noch, während große, schneeige Bäume von der Decke auf die Erde herabschweben.

. . .

An Heiligabend bog sie scharf rechts ab und fuhr an dem Farmhaus vorbei, wo ihre Urgroßmutter ihren Sohn an einen Pfahl angekettet im Vorgarten gehalten hatte. Die

Fensterläden waren von einem eintönigen Beerdigungs-
schwarz, wie eine trauernde Witwe; das Fenster ein un-
barmherziges Glasrechteck. Im Vorbeifahren sah sie dort
ihre eigene Geschichte, sah den Kreis des Todes und zer-
stampften Grases, der den ganzen Radius seiner Freiheit
dargestellt und in dem er stundenlang gehockt und das
Einzige getan hatte, was ihm geblieben war: sehen, was
er sehen konnte.

. . .

Bewegung war jetzt ganz ausgeschlossen; sie konnten
das Baby nicht einmal mehr im Auto mitnehmen. Die
Freiheit ihrer Schwester war in schöner Vollständigkeit
dahin. Sie selbst schlief oder duschte gar nicht mehr.
Das Piepsen der Monitore war ihr Herzschlag. Sie war
an das Baby gebunden, das sich trotzdem als der blätter-
reichste Schatten der Erde herausstellte, der, erfüllt vom
Rascheln kleiner Vögel, hoch über ihr und beinahe bis
zum Himmel aufragte.

. . .

Ihrer Schwester zuzusehen war anders, als einer Heiligen zuzusehen; es war, als sähe man dem glasklar flie-
ßenden Strom zu, der die Heilige durchflutet, Wasser,
das spricht, lacht, Sachen trägt und hochhebt und nicht
einen ungeduldigen Laut von sich gibt. »Wie?«, fragte sie
ihre Schwester einmal, und diese starrte sie an wie Wasser und erwiderte: »Vollkommenes Glück.«

. . .

Gott, wir hören uns ja an wie Angehörige eines Kults, dachte sie. Und natürlich hörten sie sich so an! Wenn Astrologie und Kristalle und Jesushaare an Typen wieder zurück waren, wenn die Apokalypse mit unglaublichen Sonnenuntergängen anbrach, wenn in Soundtracks auf einmal Synthesizer wie eine neue Art Herzen ertönten, die womöglich durchkamen, wenn die Flamme höher in menschliche Gesichter aufschoss, so als wäre gerade ein Windstoß durch die Tür gekommen, dann, ja dann! Dann war es auch an der Zeit für Kulte.

. . .

»Hast du schon gehört?«, rief ihr Mann am Telefon und raschelte im Hintergrund mit einer Zeitung. »Hast du gehört, dass man jetzt jemandem mit einem Mikrowellenstrahl ein Wort in den Kopf schießen kann?«

»Welches Wort?«

»Irgendeins.«

»Wie lange bleibt das Wort dann im Kopf?«

»Das wissen wir noch nicht«, meinte er und senkte die Stimme auf Albtraumlage. »Möglicherweise für immer.«

Vielleicht war es das, was geschehen war, dachte sie. Vielleicht hatte jemand den Namen des Kindes in sie hineingeschossen, mitten in eine Zielscheibe tief in ihrem Innern, vielleicht würde sie nie mehr an etwas anderes denken können. Oder noch nicht einmal den Namen. Nur: *Liebe. Liebe. Liebe.*

. . .

Als das Baby Mühe mit dem Atmen bekam, als sich abzeichnete, dass seine Luftröhre kollabierte, als sein Kopf zu schwer wurde, um ihn auch nur hin- und herzudrehen, dämmerte ihnen allmählich, dass es eine Erleuchtung erfuhr, ein goldenes Zeitalter. Es griff nach Perlen und Rasseln; es antwortete mit niedlichen gurgelnden Beinahe-Gluckslauten, wenn man mit ihm sprach. Als sie das Spiel »Leichte Berührungen« spielten, richteten sich seine Augen überall dorthin, wo sie es küssten, eine Stelle nach der andern. Entgegen allen Wissens und trotz seiner düsteren grauen Bilder lernte es, konnte es lernen.

. . .

»Ich weiß, wenn sie kurz vor einem Anfall steht, weil sie dann zu etwas hochschaut, das sonst niemand sehen kann«, schrieb eine Frau im Portal über die Epilepsie ihrer Tochter. »Und was sich außerdem vor ihren Episoden einstellt – aber auch währenddessen und danach –, sind ihre Vorahnungen. Sie erzählt uns etwas, das eintreffen wird, oder weiß etwas, das sie eigentlich nicht wissen kann.« Das Mädchen besaß einen IQ von 48, sah kein Fernsehen, benutzte keinen Computer und konnte laut ihrer Mutter nicht lügen.

»Mit der Epilepsie hat es schon was Seltsames auf sich, und ich würde sie nie jemand anderem wünschen. Aber uns hat sie die Erkenntnis gebracht, dass im Gehirn etwas Besonderes schlummert. Wir sind nicht religiös, aber seitdem glauben wir an das Unerklärliche. In gewisser Weise sind wir sogar dankbar, dass einige der Freunde, die wir verloren haben, die damit nicht klargekommen sind – weil das bedeutete, dass uns solche Dinge in der Zeit, die wir ungestört mit ihr verbringen können, überhaupt erst aufgefallen sind.« Einerseits Leute, die *damit nicht klargekommen sind*. Andererseits *solche Dinge*.

. . .

An Silvester beugte sie sich mit einem Glas Champagner über das Baby und sang dicht an seinem rechten Ohr »Bali Ha'i«, und das Baby riss die Augen weit auf, es reiste zu der Insel. Sie sang »Do Re Mi«, und das Baby folgte ihr die Treppe auf und ab; sie sang »Over the Rainbow«, und der Regenbogen drehte sich. Sie sang »If I Were a Bell«, und das war die Krönung; das Baby strampelte vor Aufregung, es griff mit beiden Händchen nach ihren Fingern, es gurrte, gurrte in derselben Tonlage, schob seine Sauerstoffmaske weg und drückte sie sich dann aufs Gesicht; *if I were a bell I'd go ding dong ding dong ding.*

. . .

Warum nicht, dachte sie sich und fing an, dem Baby Marlon Brandos Wikipedia-Eintrag vorzulesen. Vielleicht lag es am Champagner, doch auf einmal kam es ihr wie ein demokratisches Prinzip vor, dass alle von Marlon Brando wissen sollten: wie sehr er in einem T-Shirt einem nassen Messer glich, die Wattebällchen in seinen

Wangen, wenn er sprach, die Gerüchte, dass er am Set von *Apocalypse Now* Windeln getragen hatte. Alles unnützes Wissen, aber doch eines der schönen verschwenderischen Privilegien der Lebenden – einen Kubikzentimeter Gedanken und Erinnerung an die entscheidenden Statistiken über Marlon Brando zu verschwenden.

. . .

Sprechen, lachen, tragen, heben; das klare Fließen von belebendem Wasser. Einmal war sie für ein Fotoshooting nach New York geflogen und hatte während der goldenen Stunde der Dämmerung in einer großen schwarzen Mülltüte vor einer Ziegelmauer posiert, doch als der Fotograf ihr die Bilder zeigte, stellte sie peinlich berührt fest, dass ihre Hände auf jeder einzelnen Aufnahme tot aussahen. Selbst die Mülltüte, in die sie gehüllt war, hatte mehr Schwung, Entschlossenheit, während sie selbst aussah, als verblasste sie auf einem Polaroid, weil ihre Eltern es in der Vergangenheit nicht geschafft hatten, sich zu küssen. »Beim ersten Mal weiß niemand, wohin mit den Händen«, hatte der Fotograf ihr versichert. Doch jetzt: die Spannung in jedem Finger, wenn sie das Baby die Treppe hochtrug; ihre verkrampften Handgelenke, nachdem sie seinen Kopf eine Stunde gestützt hatte.

. . .

Manche Menschen waren wie gemeißelt, klar und schön in ihrer Trauer. Sie selbst sah jedes Mal, wenn sie im Spiegel hinterm Sofa einen Blick auf ihr Gesicht erhaschte, aus, als versuchte sie nach einer dreiwöchigen Vicodin-

Kur zu kacken. Ihr Magen grummelte rund um die Uhr wie der Kommentarbereich unter einer Geschichte über Kissenengel.

. . .

Kein Medium, das die Menschheit je für die Verbreitung von Informationen erfunden hatte – nicht das Portal, nicht der Rundfunk, nicht das gedruckte Wort selbst –, war so schnell, vollständig oder knisternd wie der blaue Wuschelball, den das Baby beim Schlafen an sein Kinn gepresst hielt, während sein kleiner, offen stehender Mund *ach, meine Antworten* hauchte. Seine andere Hand war in einen knallroten Pompom vergraben, den es für die Haare seiner Mutter hielt.

. . .

»Sonst mag niemand diese Spielzeuge«, erzählten ihnen die Palliativschwestern interessiert – weil auch sie die Widrigkeiten der Wahrheit sammelten, die der Gesamtsumme der Sterne am Himmel hinzugefügt würden. »Zu viel Input.«

. . .

»Darf sie mal einen Hund sehen?«, hatte sie seit der Geburt des Babys kläglich gefragt. »Wann kann sie denn nun mal einen Hund sehen?« Und endlich, endlich durfte das Baby einen Hund sehen. Es war ein kleiner weißer Pudel, der das Baby von oben bis unten ableckte, sobald man ihn aufs Sofa setzte, Arme, Beine, Gesicht, als wäre es sein lange verschollenes Frauchen.

»Er ist nicht *offiziell* als Assistenzhund zugelassen«, erklärte sein Trainer, »weil die Tiere im Test an einem Eimer
Brathühnchen vorbeigehen müssen, ohne ihn zu beach-
ten, und das war einfach nicht drin.« Das Baby quietschte
und verlangte nach mehr. Der Hund nahm seine Finger
einzeln ins Maul – schon komisch, dass die ganze Welt
bei einem Baby das gleiche Bedürfnis verspürte.

. . .

»Bist du da?«, fragten sie sehr leise, wenn die Augen des
Babys zu schweifen begannen und sein Herz schneller
schlug. Wenn es lavendelfarben, blau, dann quarzgrau
anlief, sprangen sie alle vom Sofa auf und befeuerten
es mit ihren Sprechchören wie Cheerleader: Du schaffst
das, alle lieben dich, komm schon komm schon *bleib bei
uns*.

. . .

»Halt mich am Leben«, hatte ihre Freundin, eine Behin-
dertenaktivistin, ihr gesagt und auf einen Raum kristall-
klaren Eingreifens gedeutet: Maschinen, Schläuche,
Sauerstoff. »Halt mich bis zum Ende am Leben«, sagte
die Freundin, da sie nicht an den vegetativen Zustand
glaubte. »Du würdest mich besuchen kommen und mir
vorlesen, und ich würde noch da sein.« Diese Überzeugung, dass das Ich fortdauert, ein Lichtschimmer unter
einer verschlossenen Tür – gering wie eine Chance, eine
Erfolgsaussicht, ein Fenster, abgeschliffenes Fett und ein
bisschen zu viel.

. . .

Die Erleuchtung hielt an, sie ergoss sich unaufhörlich in die Tasse Kaffee, die sie trank, während sie an diesem glühend klaren Morgen die Kleine betrachtete. Eines Tages kamen sie auf die Idee, ihr ein Spielzeugklavier an die nackten Füße zu halten, und bei der ersten Note, die sie anschlug, stieß sie einen Laut fassungsloser Empörung aus – dass sie sie gegen Luft und Nichts hatten treten lassen, wenn sie doch diese ganze Zeit über gegen Musik hätte treten können.

. . .

»Schreib alles auf«, sagte sie zu ihrer Schwester – das Portal hatte sie das gelehrt, dass ein einziges Wort ausreiche, um alles wieder auferstehen zu lassen – und stieß danach auf einen Zettel, auf dem stand: »*Augen wandern immer hin und her, wie jemand mit einem endlosen Nachschub an Eindrücken.*«

. . .

Aber sie konnte nicht atmen, sie nahm nicht zu, sie fing an, die kontinuierliche Medikamenteninfusion, die sie ihr über das Fläschchen verabreichten, zu verweigern. Mit ihrem geduldigen Blick sagte sie ihnen die Wahrheit, und so fuhren sie mit ihr ins Krankenhaus, wohl wissend, dass das Krankenhaus das Ende bedeutete. »Was stimmt nicht, Püppi?«, fragte eine Schwester und beugte sich über das Baby, als es in einen seiner seltenen hohen, herzzerreißenden Schreie ausbrach.

»Nichts stimmt mit ihr«, fiel eine andere Schwester, beinahe ohne nachzudenken, ein. »Mit uns!«, wollte sie schreien. Nichts stimmt mit *uns!*

. . .

Sie hatte sich seit Monaten nicht die Haare schneiden lassen und wusste, dass die Beerdigung jetzt jeden Tag stattfinden konnte, daher nahm sie sich einen Nachmittag frei, um zum Friseur zu gehen. »Ich habe letztens ein superwitziges Meme gesehen«, sagte ihre Friseurin, die sich intensiv auf ihren Hinterkopf konzentrierte. Im Spiegel lief ihr eine Träne aus dem Auge. Sie erinnerte sich an den laufenden Chat mit ihrem Bruder; er schickte ihr darin nichts als geringfügige Variationen des »Dannsterbe-ich-halt«-Memes, das sie, um ehrlich zu sein, nie ganz begriffen hatte. »Oje, habe ich dich geschnitten?«, fragte ihre Friseurin und beugte sich unter einen Vorhang gütiger Haare.

»Nein, nein«, sagte sie und spürte, wie ihre Hand, die sie der Friseurin auf den Arm legte, diese neue, unaufhaltsame Flut der Fürsorge aussandte. »Ich habe nur gedacht, dass du und ich ... im Leben sehr unterschiedliche Memes gesehen haben.«

. . .

Am nächsten Tag wurde das Baby sechs Monate alt. Die Menschen, die es umringten, beschlossen im letzten Moment, eine Party zu sein – wie aus dem Nichts tauchte eine rosa Käsetorte auf, dazu ein eingewickeltes Geschenk und eine fröhliche Traube Luftballons. Die Torte schwitzte stumm am Bettende vor sich hin, während der Sauerstoff des Babys zuerst einmal, dann immer wieder dramatisch abfiel. Vielleicht spürte es aber auch den Auftrieb des Heliums, nahm den Zucker wahr, vielleicht verrutschte und löste sich die Schleife des Geschenks mit jedem Zucken seiner Hand, denn auf einmal erholte es sich wieder, sein Atem hob sich mit den Ballons hoch in die Luft, und dann war es wach, es war *auf der Party*. Besucher aus einem meilenweiten Umkreis drängten sich mit dampfenden Mänteln durch den Eingang, und alle brachen in Gesang für das Baby aus – es fühlte sich an wie Brechen –, und es lächelte, wie es seit Tagen nicht mehr gelächelt hatte. Es gab genug Torte für alle, und als sie durch das letzte Lächeln blickten, sahen sie es in seinem unteren Zahnfleisch weiß aufblitzen: der erste Zahn, um ihnen beim Aufessen zu helfen.

. . .

»Alle sind da«, sagte sie zum Baby und hatte dann plötzlich eine Hirnwelle. »*Der Hund ist da*«, sagte sie und legte sich seine schlaffe Hand auf die eigenen kurzen braunen Zotteln, und das Baby tätschelte zurück: *Ich weiß.*

. . .

Ihr Bruder beugte sich über das Krankenhausbett und sang ihr »Sunrise, Sunset« ins Ohr, anfangs noch in scherzender Tonlage, dann nahtlos in Ernst übergehend – weil es ihr gefiel, natürlich gefiel es ihr, sie konnte ja nicht zwischen Schönheit und Scherz unterscheiden.

. . .

Ihr Gesicht leuchtete so hell, als hätte jemand den Knochen des Mondes mit Fleisch ummantelt, und ihre wunderschönen blauen Augen waren größer als je zuvor, als kämen sie zum Ende all dessen, was es zu sehen gab. Das nannte man Flüssigkeitsverschiebung, eine dieser Perlen der Krankenhaussprache, die manchmal unverhofft im Staub schimmerten. Sie musste dabei an Lavalampen denken, verschlingende Meereswogen und nach Süden ziehende Vogelschwärme, Sonnenuntergänge im Zeitraffer, über Sirup kletternde Ameisen, den süßen Informationsaufstrich, das, was vor langer Zeit auf der Erde und in unseren Mündern mit den Vokalen passiert war. Sie dachte an ihre Schwester in dem Bachbett, wie sie sich über ihren Bruder geworfen hatte, um ihn davor zu beschützen, was schwärmen wollte, vor dem goldenen Draußen, das sie umschwärmen wollte, bis ihr ganzes *Drinnen* verschwunden war. Bis sie nur noch Bewegung waren und Vorwärtsmarschieren.

. . .

Im Portal bat ein Gefängnisinsasse um ein Bild von »BEWEGUNG! Ich sitze heute seit 23 Jahren & 3 Tagen in Einzelhaft. Es ist, als würde man in einem Stillleben wohnen; das ist kein Leben, das ist Existieren; auf der Stelle ›treten‹. So wenig ›bewegt sich‹ hier. Ich möchte Dinge in Bewegung sehen. Vielleicht abendlichen Verkehr, helle Lichter & vorbeizischende Lichtspuren. Oder fließendes Wasser in einem Bach, Wasserfall etc. in Bewegung. Oder rieselnder Schnee? IRGENDETWAS in BEWEGUNG!« Vor dem Fenster wirbelte seine Bitte herab, jede Flocke war die erste, erste Flocke des Schnees von allem.

Am Tag nach der Geburtstagsfeier war es im Krankenhauszimmer dunkel. Es roch nach menschlicher Milch und Keksen aus dem Supermarkt und in den Kopf schießender Süße. Alle anderen waren frühstücken gegangen, und ihre Schwester war auf dem Sofa in der Ecke zusammengeklappt. Sie rollte sich auf dem Krankenhausbett neben dem Baby ein. Sie hielt die kleine Hand und wartete auf das ermattete rosa Drücken, als gäbe man einer Lilie die Hand. Sie streichelte den Rücken, der sich hob und senkte – wie mühsam war das, den Körper auch nur durch einen einzigen Tag zu schleppen –, und fuhr mit dem Finger über das neue Braun auf der Stirn des Babys. Sie beugte sich über das Kind und sagte etwas; sie sagte:»Es wird genau wie deine Mutter sein.« Der Augenblick war so rein, so bedeutsam, dass er nach irgendeiner Form der Abschwächung verlangte – sie griff nach ihrem Handy und begann, durch Bilder von Jason Momoa zu scrollen, wobei sie die ganze Zeit dachte: Alter, wenn das passiert, während du dir Bilder von Jason Momoa ansiehst?!?

. . .

Eine Schwester drehte das Baby auf den Rücken und leuchtete ihm mit einer starken Lampe in die Augen, weshalb sie sich später immer fragten, ob es nicht am Licht selbst gelegen hatte, ob es nicht eine Fahrstuhltür geöffnet und das Kleine hereingelassen hatte. Die Sauerstoffwerte auf dem Monitor begannen abzufallen, und alle drängten sich ins Zimmer. Musik, rief ihre Schwester, und sie selbst flatterte hektisch mit den Händen, was spielt man da? Was spielt man, wenn jemand stirbt? Ein

Name schoss ihr durch den Kopf – vielleicht weil sie im Van ihrer Mutter die kaputte Kassettenhülle hatte herumfliegen sehen, vielleicht weil ihrem Gedächtnis diese *Pure-Moods*-Werbespots zusammen mit der bildlichen Symbolik von Meereswellen eingeprägt waren, vielleicht weil sie vor Kurzem einen Kommentar über ihr unerwartetes Comeback bei der Kritik gelesen hatte – der Name, der ihr durch den Kopf schoss, war Enya.

. . .

Sechs Monate und einen Tag alt. In diesem zusätzlichen Tag, diesem Überschuss, war alles enthalten. Es war nicht furchteinflößend, nichts war furchteinflößend. Die Schwestern hoben sie hoch, damit ihre Eltern sie noch einmal halten konnten. Ihr Kopf kippte nach hinten, und ihr Mund öffnete sich, wie um zu trinken; ihre Lippen nahmen die zarte Farbe von Fingerspitzen im Winter an. Sie scharten sich alle um sie und umklammerten ihre Hände, Füße, Knöchel, während spontane Reden aus ihnen herausbrachen. Was sie – seltsam genug und am laufenden Band – wiederholten, war, dass sie es gut gemacht hatte.

Die Schwestern injizierten ihr Morphium und Lorazepam durch einen Zugang in ihrer rosa Ferse – wie im Mythos, als wäre sie am ganzen restlichen Körper unsterblich. Hicks, hicks, hicks, machte das Baby, die schwache Spannung von *ich bin* riss nicht ab, sie riss so lange nicht ab, wie es ging. »Du machst das so gut«, beteuerten sie alle bis zum Schluss.

. . .

Etwas Ähnliches hatten sie noch nie erlebt. Nichts Belangloses war im Zimmer zurückgeblieben – kein Räuspern, kein juckender Fußrücken –, außer das Handy auf dem Kissen, das wegen irgendeiner Störung immer wieder »Sail away, sail away, sail away« spielte.

. . .

Ihre Eltern schnitten dem Baby die oberen zwei Haarbüschel vom Kopf – die beiden, die sich schelmisch nach links und rechts lockten wie in diesem einen Gif vom Grinch.

. . .

Ihre Mutter wickelte das Baby, und ihren Händen wohnten tausend Windelwechsel inne, die in der Vollkommenheit dieses einen gipfelten. Vorhin war der Priester mit einem Köfferchen der Marke *Rome Essentials* eingetroffen, in das die ganze Messe eingepackt war, doch dies war die Tat, die in den Tempel einbrach und den heiligen Wein leer soff, dies war die Geste, die in Gold überging. Jeder Witz, den sie je über Windeln gerissen hatte, verflüchtigte sich wie Weihrauch.

. . .

Zwei Schwestern wuschen sie mit einem Waschlappen, wobei sie so sanft auf sie einsprachen, als wäre sie noch am Leben. »Du bist so brav«, sagten die Schwestern. »Du bist so brav, Kleines. Dreh dich nur eben um, damit wir dir auch den Rücken machen können.« Schließlich schoben sie ihr beide eine Hand unter den Hals und hoben sie an, und da war sie – ihr Wissen endlich federleicht, starrte sie zum ersten Mal direkt zur Decke hinauf. Hält ihren Kopf hoch!, riefen sie alle aus. Schläft wie andere Menschen!

. . .

Während das Baby gewaschen wurde, sang sie ihm etwas in die Ohrmuschel vor, da sein Gehör noch merklich wie eine große bronzene Glocke, die allmählich ausschwang, über ihren Köpfen schwebte. Schon komisch, aber offenbar kamen ihr nur die eingängigsten Refrains, Jukebox-Hits, Stadionhymnen in den Sinn – Lieder, bei denen das Radio innehält, nachdem man an den geifernden Evangelisten vorbeigedreht hat, Lieder, bei denen die ganze Familie aufblüht und die menschliche Stimme in all ihrer Unbestimmbarkeit einfach fliegen lässt.

. . .

Solange es in diesem Zimmer war, verlor das Baby nichts von seiner Wärme. Sein Vater würde sämtliche Regeln brechen und es selbst in die Leichenhalle hinunterbringen, doch er bestand darauf – *lasst mich* –; in eine Decke gewickelt, damit ihm nicht kalt wurde, seinen eigenen perlgrauen Rosenkranz um das kleine Handgelenk geschlungen.

. . .

Eine Stunde ging verloren, während sie mit einem Kofferwagen, auf dem sich die Sachen der Familie stapelten, die Flure durchwanderte, und dann hielt eine der Schwestern, die das Baby gewaschen hatten, sie neben dem Eingang der Klinik fest und sprach ihr die Worte

»Ihr Gesang…« ins Ohr. Sie fixierte den Blick auf ein Fleckchen leere Luft hinter der Schulter der Frau, da sie wusste, sie würde, sobald sie den Kopf nur um einen Grad drehte, sich selbst dort im Raucherbereich sehen, am Handy mit einem Kaffeebecher in der Hand, während sie zu der Betongans interviewt wurde, die heute Schwarz trug.

. . .

Das Ende des Wikipedia-Eintrags ist immer am fragwürdigsten. Aber hey, diesmal entsprach es der Wahrheit.

. . .

Das Licht auf der Heimfahrt glich dem Fell eines atmenden Tiers, seinen silbergoldenen Hängen, in blauem Schnee zittern Kitz, Kaninchen und Fuchs. Es ließ zu, dass sie sich näherte, obwohl sie ein Mensch war; ausnahmsweise hatte es keine Angst. Unter dem widerhallenden Gewölbe hörte sie immer noch das geisterhafte Schreien: »Aber sie ist noch *da*, oder? Sie kann doch nicht *weg* sein?« Dann wurden die namenlosen Vögel gefangen und hochgehoben, bis sie nur mehr der Widerschein auf ihren Bäuchen waren.

. . .

Im The Cloisters, erinnerte sie sich, während sie ihre brennende Wange ans Fenster lehnte und an den Rosenkranz um das kleine Handgelenk dachte, war eine der Holzstatuen lebendig. Die Stirn sprang förmlich in die echte Welt hervor, sie wölbte sich von einem einzigen reifen Gedanken, der Auferstehung des Körpers. Es war

Jesus, und vielleicht war er ja wirklich auferweckt worden, denn auf dem Schild, das angenagelt danebenhing, stand: *Die Finger an seiner rechten Hand wurden restauriert.*

. . .

Hey! Mehr Beine!

. . .

Unmittelbar danach, mit flaumweichen Kleiderhaufen im Schoß, wünschten sie sich nicht, dass es ein Heilmittel gegeben hätte. Sie wünschten sich, es gäbe einen besseren Weg, den Geruch eines Menschen zu konservieren. Sie, ihre Mutter und ihre Schwester rasten wie graue kalligrafische Jagdhunde auf einer Fährte durchs Haus, und wenn sie einen Body, ein Paar Söckchen oder ein kleines Tutu fanden, die die leuchtende Signatur trugen, schwenkten sie sie durch die Luft und riefen: »Hier!«

. . .

Sie schlüpfte in ein T-Shirt, das noch die Flecken von den Augentropfen des Babys trug, und schob den Wuschelball unter ihr Kissen. Sie legte ihren 24-Stunden-Ausweis für die Frühchenstation auf den Nachttisch und sagte sich, falls der Vulkan um Mitternacht ausbrach, würde er sie inmitten all der richtigen Dinge vorfinden, also lass nur die schwarze Asche regnen, sagte sie und schlief ein.

. . .

Als die Familie bei ihrem Termin mit dem Bestatter im Bestattungsinstitut Platz nahm, verkackte es ihr Bruder und stellte sich irgendwie als der *Mann* des Babys vor. Sie lachten so hysterisch, dass ihnen die Tränen übers Gesicht liefen, sie mussten einander an den Armen festhalten und konnten nicht mehr aufhören. An der Schulter ihres Bruders schloss sie die Augen und sah vor sich, wie er das Baby in den Wald trug, wo seine grünen Künste bereits darauf warteten, sie alle zu beschützen.

. . .

»Den hier«, sagte ihre Schwester zum Bestatter und deutete auf einen mit plüschigem Satin ausgelegten Sarg, ein offenes Valentinsgeschenk, das sich schon auf dem Foto fortwährend in einen weißen Boden zu senken schien. Da kehrte etwas von der alten Stimme ihrer Schwester zurück, die zeigte, dass sie *1987 geboren* war, und deren Überleben ja so auf der Kippe gestanden hatte. »Genau den hier. Weil sie Klasse hatte.«

. . .

Nach dem Termin bummelte sie durch einen Raum, der wohl ein Geschenkladen sein sollte und vollgestopft war mit Messingurnen und Gedenkcollagen, Taschenuhren und Swarovski-Rosen, Granittafeln, auf die die Gesichter vergangener Lindas gesandstrahlt waren. Sie drückte sich eine ganze Zeit lang dort herum, nahm Briefbeschwerer in die Hand und stellte sie wieder hin, da sie nur gern reiste, wenn sie sich auch ein Andenken kaufte. wusstest du, dass du deine Asche auch in einen Golfball abgefüllt bekommst?, schrieb sie einer Freundin. wusstest du,

dass du einen Sarg mit Camouflagemuster kriegst? wusstest du,
dass man dich in eine Schildkröte aus Pappmaché stecken und
aufs Meer hinaustreiben lassen kann?

es ich

. . .

Man, it's a hot one

leierte aus dem Radio, als sie nach Hause fuhren, und ihr
Vater und ihr Schwager fingen in reizender Brüderlichkeit an, die Vorzüge von Carlos Santanas Gitarrenspiel
zu preisen, das, sie konnten es nicht anders ausdrücken,
nicht von dieser Welt war.

My muñequita
my Spanish Harlem Mona Lisa

Ein toter Reflex regte sich in ihrer Kehle. Hatte sie das
jemals witzig gefunden? Oder hatte das Lachen außerhalb gewartet, bis sie schwach wurde und einstimmte?

. . .

Der Angestellte im Nagelstudio stellte sich als Google
vor. »Weil ich alles weiß«, sagte er. Er lächelte vor einer
grellen Wand aus jeder nur vorstellbaren Farbe, einer
Hand mit tausend Fingerspitzen, dem Himmel, und
fragte, ob sie auf eine Party gingen. Sie flüsterte ihm
die Wahrheit zu, und Google bekreuzigte sich; jetzt
wusste er noch etwas. »Ich mach dir Glow-in-the-Dark,
200   ja?«, sagte er und fing an, mit ungeheurer Behutsamkeit

ihre Nägel zu polieren. »Im Dunkeln kannst du sie dann sehen, jeden einzelnen.«

. . .

Das Men's Wearhouse, in dem bei den Jungs für ihre An-züge Maß genommen wurde, war heilig; das T.J. Maxx, in dem die Mädchen einander Fotos von ihren jeweili-gen Umkleidekabinen schickten, war heilig; der Shoe Carnival, in dem sie fast lachend die Gänge auf und ab wankten; das Michael's, in dem sie Pappe für Collagen auswählten; der Blumenladen, in dem sie auf die Schnee-flockenblumen zeigten; die Bäckerei, in der sie bei But-terkeksen berieten; die Clinique-Theke, an der sie sich wasserfeste Mascara kauften; die Cheesecake Factory, in der sie nach alldem Bang-Bang-Garnelen aßen und sehr, sehr nett miteinander umgingen, waren heilig, und die Beleuchtungskörper, über die sie sich sonst immer lustig machte, schienen unaufhörlich an ihren Stielen zu blü-hen.

. . .

Der Hund, der das Baby gesehen und geküsst hatte, kam zur nächtlichen Totenwache und schleckte die lange Schlange Trauernder ab, die durch die Tür hereingeschneit kamen. »Tiere sind erlaubt?«, fragte sie den Bestattungs-unternehmer. »Tiere sind erlaubt«, bestätigte der und er-zählte, dass einmal ein Pferd gekommen und den Gang hinabgeführt worden sei, damit es ein letztes Mal den Kopf an seine Besitzerin schmiegen konnte. Es suchte ihr Gesicht nach Zuckerwürfeln ab, atmete das frisch ge-schnittene Heu ihrer Haare, spürte immer noch das heiße rote Ja im Körper, der auf ihr kleinstes Kommando hin gesprungen war. Doch jetzt lautete die Anweisung »Lass mich gehen«, und aus dem Körper sprach ein Nein.

. . .

Der Hund wurde zum Baby in seinem Sarg hinabgesenkt und begrüßte es, erkannte es sichtlich wieder. Bei diesem Anblick weinten alle, denn sie war still wie ein Pfirsich auf einem Gemälde, sie trug eine undurchdringliche Maske aus Schminke und war nicht mehr warm. Ihre Augen waren zugeklebt worden, und ihre Hände geboten nicht länger über die Luft, und ihr Quietschen war wieder in Klang selbst aufgegangen – was an ihr erkannte er also wieder, was an ihr liebte der kleine Hund immer noch? Und doch war es so. Er zwängte sich in den Valentinssatin und versuchte, ihr Gesicht zu einer ihm vertrauten Form zurückzuputzen.

. . .

Ich bin ich, weil mein kleiner Hund mich kennt – wer hatte das noch mal gesagt? Sie konnte schwören, dass sie es irgendwo im Portal gesehen hatte, auf ein Stück Sperrholz aufgemalt, das bei jemandem zu Hause an der Wand hing. Während die Totenwache ringsum weitermurmelte, hievte sie sich auf das Geländer hoch, das die Toten von den Lebenden trennte, saß da, während die Schlange sich hinter ihr staute, und beugte sich nah an das Ohr des Kindes, um ihm Adieu zu sagen: Ich bin ich, weil mein kleiner Hund mich kennt.

. . .

Gegen Ende ließ sich die Neurologin blicken, und unwillkürlich fragte sie sie, weshalb sie in dieses grün wachsende Feld gegangen sei, weshalb sie sich überhaupt dazu entschieden hatte, das menschliche Gehirn zu studieren. Die Entscheidung glühte vor einer tieferen Bedeutung, genau wie die sternförmige Narbe am Hals des Atemtherapeuten, die von einem Luftröhrenschnitt herstammte, geglüht hatte. »Das ist eine sehr lange Geschichte, die ich Ihnen irgendwann einmal erzähle«, lächelte die Frau, was ein Bild von ihr heraufbeschwor, wie sie barfuß, mit weißen Sternchen auf den Schultern ihres schwarzen Wollmantels, in den Ästen des eigenen Familienstammbaums stand.

. . .

Ein Kind ihrer Generation zu sein bedeutete, dass ihre Schwester ein knallpinkes Kleid für die Beerdigung anzog, dazu passenden Lippenstift und schwindelerregend hohe Stöckelschuhe auswählte und dabei die ganze Zeit schrie: »WIR MÜSSEN FÜR UNSER BABY GUT AUSSEHEN!« Ein Kind ihrer Generation zu sein bedeutete, dass auch der Sarg rosa war, ein neuer Rosaton, der erst vor Kurzem benannt worden war, dass jemand heimlich einen hell glänzenden Amethyst hineinsteckte, bevor er geschlossen wurde. Dass die Stunde, in der das Baby begraben wurde, dunkel im Innern des Tages war und Regen in seiner großen grauen Masse fiel; dass sich die ganze Familie draußen im Freien – das immer noch existierte – versammelte und unter einem immergrünen Baum stand. Dass während der Totenwache Trap gespielt wurde, dass sie danach grillten, dass ihr Bruder sich auf 203 die Brust schlug und zu seiner Schwester meinte: »Mädel, sie war schon eine von den Guten.« So war Genauigkeit im Detail als etwas Lebendiges anwesend, ein Gast.

. . .

Bei der Totenwache hielten sie und ihre Schwester das Neugeborene von jemand anderem, und das kleine Bündel fühlte sich so leicht und unkompliziert an, dass sie dem Drang widerstehen mussten, es zur Decke hochzuwerfen und wieder aufzufangen, denn sie wussten, dass es immer zu ihnen zurückkehren würde. »Sie ist wie eine andere Spezies«, sagte ihre Schwester leise, jung und schön in ihrem knallpinken Kleid, und ihre Arme bogen sich unter dem federleichten Gewicht.

. . .

Als sie nach Hause kamen, kniete sich ihr Schwager hin und küsste es, das Sofaquadrat, auf dem sie gelebt, auf dem sie zwischen Maschinen gelegen hatte, wo sie schon fast zu spät entdeckt hatten, dass sie mit ihr Backe, backe Kuchen spielen konnten.

. . .

Der Wuschelball landete aus Versehen im Müll, und die Deponie hatte ja keine Ahnung, was da auf sie zukam: der blau berstende Stern von allem, was sie wusste, nicht um einen einzigen Strahl kleiner.

. . .

Es setzte eine Zeit ein, in der sie hemmungslos in Cafés, Taxis, Supermärkten, Bars weinte; bei Werbespots, bei Dokus, bei Filmen mit Ryan Reynolds; auf öffentlichen Toiletten, wo sie, den Kopf auf den Knien, tierische Laute von sich gab, die nicht ihre eigenen sein konnten; als die FedEx-Frau sie Schätzchen nannte; als ihre Schwester sagte:»Du warst auch ihre Mutter«; im Portal, in dem die menschliche Erfahrung in ihrer Gesamtheit vertreten zu sein schien, aber nie der leuchtende Unterschied dieses Gesichts, dieser Augen, dieser Haare.

. . .

Würde es sie verändern? Als sie klein war, überkamen sie häufig heilige Gefühle, Eingebungen, die wie ein Messer in die blaue Wassermelone der Welt fuhren und sie freilegten, und dann glitt die Sonne zu ihr herab wie ein Aufzug, den sie ganz bestimmt betreten und der sie hinaufbefördern würde, hoch, hoch, vorbei an all dem Unglück, vorbei an jedem ausgelassenen dreizehnten Stock in jedem Gebäude, das die Menschheit je erbaut hatte. Wenn sie einen solchen heiligen Tag hatte und von der Schule nach Hause lief, dachte sie: Danach kann ich netter zu meiner Mutter sein, aber das war sie niemals. Danach kann ich nur noch über die wichtigen Dinge sprechen, Leben und Tod und was danach kommt, aber sie ließ sich dann doch übers Wetter aus.

. . .

Nacht für Nacht danach, in der ihre Fingernägel im Dunkeln leuchteten, träumte sie, dass das Baby noch etwas wie winzige Atemzüge tat, die sie irgendwie übersehen hatten. Irgendjemand brüllte immer:»HEY!«, und die

Beerdigung wurde mittendrin abgeblasen. Sie hoben sie aus ihrem Sarg und küssten sie; auf der Heimfahrt schmissen sie rosa Nelken aus dem Fenster; es war alles ein Missverständnis gewesen. Sie hatten nur etwas Kleineres als zuvor bemerken müssen.

. . .

Die Haustüren unscheinbarer Vororthäuser schienen sich jetzt pulsierend abzuzeichnen, ins Mögliche entrückt – denn hinter jeder einzelnen konnte sich eine private heitere Herrlichkeit verbergen. Die Frau, die man früher die Stimme Gottes genannt und die seit zwei Jahrzehnten auf keiner Bühne mehr gestanden hatte, sang in ihren eigenen vier Wänden weiter; ihr Partner hörte sie. Der Rest der Welt tue ihm leid, sagte er.

»Es war einfach so, dass – wie sage ich es?«, hatte die Sängerin einmal zu einem Interviewer gesagt. »Ja, mich so viel Sonne durchströmt hat. Diese ganze wunderbare Sonne!« Hinter den Türen von Vororthäusern könnte diese Sonne eingeschlossen sein.

. . .

Die Ärzte hatten so hoffnungsvoll um das Gehirn gebeten, dass darin beinahe Zärtlichkeit mitschwang, so als liebten sie sie ebenfalls. »Glaubst du, sie hätte etwas dagegen?«, hatte ihre Schwester gefragt, und sie hatte sich die Handballen auf die Augen gedrückt und Raketen über die innere schwarze Kuppel rasen lassen. »Nein, sie hätte überhaupt nichts dagegen gehabt, glaube ich«, hatte sie erwidert, und jetzt hatte die vollendete Tatsache etwas Tröstliches: solange sich jemand dieses Bewusstsein ansah, wirkte es weiter in der Welt, fragte und antwortete, lernte Neues, stieß kleine entzückende Entdeckungsschreie aus. Es sei, bestätigten die Ärzte, immer nur weitergewachsen, als sie noch am Leben war.

. . .

Lies noch etwas weiter, nicht ganz unfreiwillig.

. . .

»Meine Batterien sind fast leer, und es wird dunkel«, sagte der Mars-Rover im Portal.

. . .

Der Film, der das schwarz-weiß glühende Herz ihrer Sammlung bildete, wartete darauf, dass sie ihn sich ansah. Eines Nachmittags, als ihr Mann nicht da war, legte sie ihn ein und sah Anthony Hopkins' Gesicht im Dunkeln aufleuchten, mit dem vertrockneten Veilchen seines schiefen linken Auges, als er den Elefantenmensch zum ersten Mal erblickt und die ganze Schönheit ihn bestürmt. Sie hatte nicht mit diesem schlichten Glücksgefühl gerechnet, das sie beim Anblick der Makeup-Schichten und knolligen Prothesen empfand – es war, als wäre ihre außergewöhnliche Gefährtin wieder an ihrer Seite und das Zimmer bis zum Rand voll von ihrem Atem. Als der Elefantenmensch schließlich spricht, ist es wie in ihren Träumen vom Baby: Er öffnet den Mund und heraus kommen die Bibel, Shakespeare, Milton, die Dichter. Die Ärzte stürzen zu ihm herein, als er gerade den Psalm zu Ende spricht. »Mein Leben lang«, sagt er hoch aufgerichtet, »und ich werde bleiben im Hause des Herrn immerdar.«

. . .

Wo stand dieses Haus, wo haben wir in diesem *Bleiben* immer weitergelebt? Im Portal der Ruf danach, Joseph Merricks Knochen endlich zur letzten Ruhe zu betten, obwohl seine Familie ihn uneingeschränkt der Wissenschaft überlassen hatte.

. . .

Im Portal ein Foto von Joseph Merricks Schädel, dessen Knochen auf der rechten Seite fraktal wucherte wie ein Höhlensystem, Kristall oder Elfenbein, Zug um Zug und beinahe fließend. Es sah nicht komisch aus. Letzten Endes sah es aus, als würde ein Schädel genau das anstreben.

. . .

Die minimalen Korrekturen, die sie früher ständig an sich vorgenommen hatte – die Brüste reflexhaft zum Schlüsselbein zu heben, wenn sie in den Spiegel blickte, die Enden verirrter Haarsträhnen abzuschnippeln, bevor sie auf Partys ging –, waren von ihr abgeflossen, vielleicht dorthin gegangen, wo das Baby hingegangen war. Jetzt bereitete es ihr ein perverses Vergnügen, dass sie das letzte Mal auf der Ledercouch in dem Disney-World-Hotel wirklich gut ausgesehen hatte; sie hatte sich, jedes Lachfältchen sichtbar, in einem geläuterten Licht geaalt und den Kopf der Kleinen zwischen zwei Brüsten gewiegt, die sich wie Wolken anfühlten. Und Sonne, die sie durchströmte, Sonne, wunderbare Sonne.

. . .

»Ich hätte auch tausend Jahre so weitergemacht«, sagte ihre Schwester tonlos. »Ich wäre morgens aufgestanden und hätte ihr dreizehn Medikamente gegeben. Da ist keine Erleichterung. Ich hätte für immer so weitergemacht.« Erzählte dann von einer Rechnung über 61 000 Dollar, die sie erhalten hatte. Schickte dann ein Foto von einem Fläschchen Schnee, den eine Krankenschwester von jener Nacht aufbewahrt hatte, klare flüssige Sternchen, *ihr* Schnee.

. . .

Der Mann ihrer Schwester fuhr eines Nachmittags zu einem Garagenflohmarkt und kaufte so um die fünfzig Beanie Babies. Auch das half gegen Trauer. Man hatte sie auf kleine Hocker in ihre Vitrinen gesetzt, damit sie nicht – ja, was? – des langen direkten Tageslichts ihrer Beanie-Baby-Existenz müde wurden. Man hatte gut für sie gesorgt. Vielleicht war ja jeder ein Gott, der über irgendeinem kleinen Spatzen wachte. Vielleicht sammelte jeder irgendwelche weichen Sammlerstücke, die mit einem sichtbaren Herz bestickt und in der Vorstellung Millionen und Abermillionen wert waren.

. . .

VERWANDTE SUCHANFRAGEN

ich vermisse meinen toten sohn

ich vermisse meinen sohn so sehr zitate

ich vermisse meinen sohn im himmel

mein sohn ist gestorben und ich vermisse ihn

meinen sohn vermissen sprichwort

. . .

Während eines Termins zur Besprechung der Autopsieergebnisse biss der Arzt von einem Bagel ab, und sein Mund öffnete und schloss sich, wie um das große Wort *warum* zu formen. »Als Jesus dem Blinden begegnete, fragten ihn seine Jünger, warum – hatte der Mann, hatten seine Eltern sich versündigt? Und Jesus sagte, niemand habe sich versündigt, sondern es habe sich so begeben, damit Gott uns durch und mit und in diesem Mann voranbringe.« Tränen standen dem Arzt in den blauen Augen, ohne herabzufallen; das liegt an der Medizin, dachte sie. »Wenn ich irgendetwas tun kann …«, sagte er mit erstickter Stimme, und der kleine Klecks Frischkäse in seinem Schnurrbart ließ ihre Liebe zur Menschheit wachsen, was sie durch, mit, in ihm voranbrachte, was wiederum auch der Menschheit zur Ehre gereichte.

. . .

»Wie ist es möglich, dass sie zu alldem fähig war?«, fragten sie die Ärzte. »Wie konnte sie eigenständig atmen, an der Brust trinken, antworten, wenn wir mit ihr geredet haben?« Die Ärzte wussten es nicht. Sie sprachen von der außergewöhnlichen Plastizität des Gehirns. Ja, das spürte sie, sie hielt es in der Hand. Sie erinnerte sich, einmal warme Hüpfknete auf eine Zeitung gedrückt zu haben, bis sie einen ganzen Absatz des Weltgeschehens in lesbarer Klarheit aufgenommen hatte. Die Masse dann immer wieder gefaltet hatte, bis sie so nichtssagend war wie zuvor.

. . .

»Können Geister eigentlich neue Technologien lernen?«, fragte ihre Schwester und überlegte, was dann kommen musste: das unendliche Fließband des Fortschritts, an das sich die Geister der ganzen Menschheitsgeschichte anpassen mussten. Die beiden schwiegen einen Moment lang, ehe die Bilder auf sie einstürmten: ein Aufzugsgespenst, das auf allen Knöpfen herumdrück, spürt, wie ihm der Magen durch den Boden der Welt absackt; ein anderes, das seine Botschaft an langen schwarzen Telegrafendrähten entpackt; Geister im Portal, die für immer lesen, zärtlich Herzen festhalten. In dem Gruppenchat, in dem sie spätabends Videos vom Baby hin und her schickten, war das ihr gemeinsamer Tenor – Gott sei Dank, ist das zu fassen, dass wir die Technologie hatten.

. . .

Was, wenn der Teenager das Baby tatsächlich ins Portal gestellt hatte? Es fiel ihr schwer zu glauben, dass sie sich in einer früheren Zeit darüber aufgeregt hätte. Heute wäre sie so dankbar, wenn Menschen ihm im breiten elektrischen Fluss der Dinge begegnen würden – wenn sie wüsste, dass ein Foto von ihm, verschwommen vor Bewegung, fernab seines wirklichen Schicksals ein Eigenleben an dem Ort führte, wo Bilder ewig blieben.

. . .

»Ihr Gras sieht toll aus«, schrieb ihre Schwester zu einem Foto von dem üppig gedeihenden Grab – in dem echten grünen Park, in dem sie Tag für Tag spazieren waren, als sie noch bei ihnen gewesen war, denn wir sind damit betraut, über bestimmte Menschen in diesem Leben zu wachen. Ihre Schwester schnitt ein paar Halme ab und schickte sie ihr, damit sie sie unterwegs bei sich haben konnte. Sie sah vor sich, wie eine Decke davon in wilder, verschwenderischer Fülle verlassene Vororte und Städte überwucherte, jene Orte, an denen wir alle früher lebten.

. . .

Rings um die Fotos, auf denen die letzten Tage des Babys mit aller Sorgfalt dokumentiert waren, fanden sich in ihrer Foto-App: ein Bild von Ray Liottas letzter Schönheits-OP; der Screenshot einer Story darüber, dass gefälschte Nacktfotos einer Kongressabgeordneten von Fußfetischisten entlarvt worden seien; eine blonde Nachrichtenmoderatorin auf Fox News neben einer Grafik mit den Worten DAS CAP, DAS KEINE FARBE BEKENNT; ein flauschiger Adler mit schwarzen Flügeln und trüben grauen Augen, der, wie ihre Freunde einen herrlichen freien Wandertag lang nicht müde geworden waren zu betonen, aussah, als wüsste er bis auf die Stunde genau, wann man starb; und sie selbst in bretonischen Streifen, vorgebeugt in der Dunkelheit des

Krankenhauszimmers, Minuten bevor es geschah. Nach einem weiteren Jahr würde sie auf ihrem Screen aufpoppen, die Ankündigung, dass sie einen neuen Rückblick hatte.

. . .

wandern hin und her

ein endloser Nachschub an Eindrücken

. . .

Nach und nach forderte die Welt sie für sich zurück. Als ihr Flieger seinen gepunkteten Bogen über den Atlantik schlug, sah sie aus dem Fenster und bemerkte, dass ihr wieder die gleiche Glorie folgte, ein niemals blinzelnder runder Regenglanz.

Ihre Augen schwebten zwei Zentimeter vor ihr und schienen ebenfalls zu regnen. Das Buch, das sie dabeihatte, mit der weichgezeichneten Frau auf dem Cover, lag unberührt in ihrem Schoß. Sie scrollte noch einmal durch die Bilder: Das Baby lächelte, lachte, war in einem Kürbisbeet, wurde in einem Badeanzug ins Meer getaucht. Die Bilder waren immer bei ihr; sie spürte die Spitze ihres Zeigefingers nicht. Einmal war sie auf einer kleinen Insel mit erschütternd weißen Stränden gewesen und hatte ihre nackten Zehen in den berühmten Sand gebohrt, mit dem das Glas für alle unsere Bildschirme hergestellt wird. Dort war der Himmel so kristallklar, die Sonne so heiß und die Brise auf ihrer Haut so ungefiltert, die Bäume so voller Koalabären, dass es ihr vorkam, als 213 wäre sie entweder komplett ins Innere ihres Handys hinein- oder aber herausgelangt.

. . .

Haufen weggeworfener Geräte auf Deponien, und irgendwo mittendrin flackerte immer noch ein Wuschelball und versuchte eine Übertragung – *kommen, wiederhole kommen, hörst du mich, hörst du mich.* »Ich höre dich«, sagte sie in die vibrierende Luft, »ich höre dich, ich höre dich, ich bin da.«

. . .

Sie wurde ins British Museum eingeladen, um einen Vortrag zu halten. Der Vortrag handelte vom Portal, und während sie so auf dem Podium stand und durch die PowerPoint-Präsentation klickte, versuchte sie, so zu tun, als ob sie immer noch darin lebte und das wissende Blut durch ihre Adern pumpte. Sie sagte die Worte *kollektives Bewusstsein* und sah das Zimmer vor sich, in dem ihre Familie zusammengesessen und auf das einzigartige graue Gehirn auf dem MRI-Gerät geschaut hatte. Sie dachte an den 24-Stunden-Ausweis für die Frühchenstation, der zur Erinnerung daran, dass sie einmal eine Bürgerin der Notwendigkeit gewesen war, stets in ihrer Manteltasche steckte. Warum war sie damals überhaupt ins Portal eingetreten? Weil sie nach dem reinen Ruf- und-Antwort-Prinzip leben, erfreuen und erfreut werden wollte. Mit bebendem Brustkorb las sie vor und schlug dabei den gleichen Tonfall an, an dem das Baby solchen Gefallen gefunden hatte. Das Herz schien ihr förmlich

aus der Brust zu springen, als sie las:

»Sie wurde ins British Museum eingeladen, um einen Vortrag zu halten, ohne dass sie das wirklich verdient hätte. Wenn man so wollte, hatte sie sich dort Bit für Bit, Scroll für Scroll, Goldstück für Goldstück eingeschlichen. Trotzdem stand sie jetzt da und sperrte ihre Zuhörer für eine Stunde in den Käfig ihrer Gedanken. Ihrem Gesicht waren die frischen Spuren ihres Alters anzusehen. Sie sprach die Worte, die dafür da waren, dass sie sie sprach; sie trug die einzige damals erhältliche Sorte Hemd. Unmöglich, zu sagen, wo sie auf Abwege geraten war und noch geraten würde. Sie sagte *garfield ist eine ikone der body-positivity-bewegung*. Sie sagte *abraham lincoln ist daddy*. Sie sagte *die aale in london sind auf koks*. Es leuchtete nur ein, dass sie schließlich an diesem Ort auftreten würde, selbst ein Ausstellungsstück aus weiter Ferne, Körper und Geist eine einzige Collage, monströs in den Augen der Zukunft, Schwachkopf vor dem Stein von Rosette, Störenfried der totesten Grabmäler, Schmetterlingsfänger und Schmetterlingsmörder. Bald würde sie selbst zwischen zwei Seiten gefaltet werden und von der Erhabenheit großer und kleiner Dinge sprechen.«

Das Publikum war still, und die Gesichter in der vordersten Reihe glänzten. Es fühlte sich nicht gerade wie das wirkliche Leben an, aber wovon ließ sich das heutzutage schon behaupten. In ihrer Vorstellung trug sie das Baby durch das Museum. Sein Kopf fühlte sich federleicht auf ihrem Arm an. Sie zeigte ihm die Mumien, setzte es behutsam auf die Stufen des Tempels, rief seinen Namen zur hallenden Decke empor, trug es zwischen den griechischen Marmorstatuen hindurch und sagte: »Irgendwann wird jemand in der Zukunft einmal an uns denken.« Sie brach die Glasvitrine mit den Amuletten auf und behängte das Baby über und über mit Schutz. Sie stand im Saal mit den assyrischen Löwen und versicherte ihm, dass wir nicht verschlungen würden, sie trug es immer weiter von der Vorgeschichte in die Neuzeit, wobei sie an jedem Trinkbrunnen innehielt und es trinken ließ, bis hin zu dem Augenblick, als sie in vereintem Staunen dastanden: Mehr und mehr kommt es mir vor, als sei die ganze Welt beseelt.

. . .

Später, nach mehreren Gläsern, lotsten ein paar Leute aus dem Publikum sie durch verwinkelte Nebenstraßen zu einem namenlosen Club. Drinnen wogte eine Masse, ein einziger Körper. Was sie zunächst für einen weiteren Raum hielt, entpuppte sich als Spiegel ganz hinten, in dem sie mittendrin ihr eigenes Gesicht erblickte. Auf einem Schild an der Wand stand OASIS. Zuerst konnte sie überhaupt nicht tanzen, und dann konnte sie nicht mehr aufhören. Es wurden absurde Songs gespielt, ihre persönlichen amerikanischen Verirrungen, die sie als rückständig, provinziell etikettiert hatten, plump wie ein Dur-Akkord. Es lief »Rock and Roll All Nite«. Es lief »Seven Nation Army«. Zu »Sweet Caroline« hopsten die Leute genau wie in Ohio auf und ab. Oha, sagte sie sich, das wusste ich ja gar nicht. Die Songs waren schon die ganze Zeit beliebt gewesen. Der ganze Club schien sich an sie zu drängen, und sie dachte an »Leichte Berührungen«, wie sich die Augen des Babys dorthin gedreht hatten, wo es überall auf der Welt geküsst wurde. Ob es das wert war, mal vorbeizuschauen, ein bisschen Musik zu hören und wieder zu gehen? Irgendwann klaute ihr jemand das Handy aus der Tasche, worauf sie wie erleichtert vom Boden abhob. Ihr ganzes Ich war auf dem Gerät, wenn irgendjemand das wollte. Später würde eine Person versuchen, es zu entsperren, und dabei das Foto sehen, auf dem das Baby den Mund aufmachte, als setzte es zum Sprechen an, als wollte es jetzt alles sagen.

DANK Ich danke meinem Lektor Paul Slovak, der mich auf dieser Reise begleitet hat, ohne zu wissen, was eine Fonse ist, und meiner Agentin Mollie Glick, die mich als Erste im Portal fand. Danke auch dem Team von Riverhead: Alexis Farabaugh, Helen Yentus, Jynne Dilling Martin, May-Zhee Lim. Und zur Erinnerung an Liz Hohenadel mit ihren langen rotblonden Korkenzieherlocken.

Allen, die frühe Fassungen gelesen haben: Greg, Michelle, Jami, Maryann, Sheila. Jason, der das hier in tausend Inkarnationen zu lesen bekam, darunter eine, in der die Figur des Ehemanns einer Anarchistengruppe namens Kleine Soldaten angehört.

Den Menschen, denen ich rund um die Welt begegnet bin und die hier als Foto, Karikatur oder Phantom auftauchen. Ich schreibe dies in Quarantäne; ich vermisse euch. Und den anderen Beteiligten des kollektiven Bewusstseins.

Ich danke der *London Review of Books* und dem British Museum, das mir 2019 erlaubte, einen Auszug aus dem Buch vorzulesen – der am wenigsten lehrreiche Vortrag aller Zeiten in seinen Hallen. Und meinen Landsmännern in der Spanish Bar.

Den Ärzten, vor allem Dr. Habli, Dr. Smith und Dr. Vawter-Lee. Den Schwestern auf der Frühchenstation, besonders Janet, die uns gezeigt hat, wie man sie hält. Und den Mitarbeitern von StarShine, die Kisten mit Spielzeug vorbeibrachten.

Mehr Informationen zum Proteus-Syndrom auf https://www.proteus-syndrome.org. Spenden an diese Organisation fließen in die Forschung sowie die Förderung des Austauschs unter Menschen, die mit dem Proteus-Syndrom leben, ein Großteil davon Kinder und Jugendliche.

Spenden können auch an Pets for Patients (https://www.petsforpatients.org) entrichtet werden, eine Organisation, die für Familien chronisch und unheilbar kranker Kinder geeignete Haustiere findet.

Meiner Schwester und meinem Schwager, die mich an ihrem Leben teilnehmen ließen. Und am allermeisten meinem kleinen Liebling Lena. Du bist nicht gekommen, um uns die Augen zu öffnen, aber gelernt haben wir trotzdem.

Die Originalausgabe erschien 2021 unter dem Titel
»No One is Talking About This« bei Riverhead Books, New York.

Das Zitat auf Seite 7 stammt aus: Wladimir Majakowski,
»Ich und Napoleon«, eine Nachdichtung von Uwe Kolbe, in:
Gedichte. Russisch und Deutsch, hg. v. Gerhard Schaumann,
Verlag Philipp Reclam jun., Leipzig 1985, S. 27–33, S. 33.

Penguin Random House Verlagsgruppe FSC® N001967

1. Auflage
Deutsche Erstausgabe © 2022 btb Verlag
in der Penguin Random House Verlagsgruppe GmbH,
Neumarkter Str. 28, 81673 München
Copyright der Originalausgabe © 2021 by Patricia Lockwood
Umschlaggestaltung: Semper Smile
nach einem Entwurf von Greg Heinimann
Covermotiv: © Getty Images/ itsabreeze photography
Satz: Uhl + Massopust, Aalen
Druck und Einband: CPI books GmbH, Leck
mr · Herstellung: sc
Printed in Germany
ISBN 978-3-442-77160-8

www.btb-verlag.de
www.facebook.com/btbverlag